ジャナ研の憂鬱な事件簿

白鳥《しらとり》真冬《まふゆ》
モデルの経験をもつ
高校3年生。

京本《きょうもと》良太郎《りょうたろう》
軽音学部に所属する
啓介の友人。高校2年生。

綾子《あやこ》
モデル
友人。

遠坂《とおさか》陽菜《はるな》
大地が中学時代に
付き合っていた彼女。

東堂《とうどう》善助《ぜんすけ》
クラブ「アンデル
セン」のオーナー。

工《く》藤《どう》啓《けい》介《すけ》

海新高校ジャナ研に
所属する高校2年生。

倉《くら》掛《かけ》大《だい》地《ち》

啓介と同じ修斗ジムに
通う友人。高校2年生。

水《みず》村《むら》零《れい》時《じ》

ジャナ研の前編集長
である卒業生。

宮《みや》内《うち》ユリ

真冬のモデル時代の
友人。高校2年生。

桜《さくら》

真冬の
時代の

編集後記

僕はこの文章を、三月も直に終わろうという慌《あわ》ただしい春の一日に書いている。実際に掲載されるのは四月の第一週号であり、その時僕はもうすでに卒業して校舎にはいないのだと思うと、何だか妙な気分になる。どうせいなくなるのだから好き勝手に書いてやろうと開き直る一方で、飛び立つ鳥のごとく静かに去りたいと、柄にもなく負う心もあった。不謹慎かもしれないが、遺書を書く人というのは、こんな気の持ちようなのかもしれない。

さて、あらためて。

この四月第一週号をもって、僕、水村零時《みずむられいじ》は二年間務めた『波のこえ』の編集長を退《しりぞ》くことになる。

長くお付き合いいただいた読者諸賢に、まず心よりお礼申し上げたい。ありがとう。

海新《かいしん》高校ジャーナリズム研究会——通称「ジャナ研」の『波のこえ』といえば、旧制高校時代も含めれば百年以上の歴史を持つ学生新聞の走りであり、その自由闊達《じゆうかったつ》な議論は世相を映しながらも常識にとらわれることなく、太平洋戦争中には当局の検閲を受けて発刊停止処分に追い込まれながらもゲリラ的に執筆・販売を続けたという骨太のメディアだ。その伝統の末席に僕のような若輩者の名を連ねてよいものか、先人たちの功績に泥を塗るようなことになりはすまいかと、就任当初はずいぶん気後れしたことを覚えている。

　僕が今日までつらつらと書いてきた大小数百の記事が、果たして「ジャーナリズム」の名を冠するに足るものなのか、その不安は今なおぬぐい去れない。「おもしろかった」と、そうわずかでも思って頂けたのなら執筆のかいは十分にあったと言える。しかし、もしそれに終わらず、物事を斜め上から見た時ごくまれに立ち現れる息を飲むほどの絶景やおぞましいほどのグロテスクに、『波のこえ』を通じてほんの一瞬でも気づいて頂けたのなら、記者として存外の喜びである。

　ちなみに編集長のバトンだが、工藤啓介《くどうけいすけ》という中学来の後輩に託すこととした。お友達人事と笑うなかれ、他に部員がいないのだ。笑　ちなみにこの工藤という男、一身上の都合により、娯楽記事しか書けない身体《からだ》になっている。物足りないという読者諸賢もいるだろうが、それはそれで味と見てくれ。彼が『波のこえ』の紙面にどのような新風を吹き込むのか、卒業していく僕の代わりに、皆さまが見届けてほしい。

　さて、最後に大変恐縮だが、この場を借りて読者諸賢にお願いしたいことがある。

　僕が卒業したのち、ジャナ研の部員は新編集長の工藤啓介、ただ一人となってしまう。よって、ここに新入部員を大々的に募集する。男女学年経験思想犬派猫派問わず、どのような方でも大歓迎だ。報道や記事作成、写真撮影に興味があるという方はぜひ、気軽にジャナ研の戸を叩《たた》いていただきたい。

編集長　水村零時

プロローグ

卒業式にはうってつけの晴天だった。

このところ暖かい日が続いたからだろう、校庭の端に植えられた桜の木はすでに八分咲きといったところで、卒業生の新たな門出を華々しく彩っている。吹奏楽部の演奏する「威風堂々」が、三月の校舎に響き渡っていた。海新《かいしん》高校は県内の公立校では名門として知られ、卒業生のほぼ百パーセントが大学進学か来年度の入試に向けて浪人の道を選ぶ。もっとも今年に限っては、進路希望調査に「世界放浪」と書いて提出した大馬鹿《おおばか》がいたらしいが。

工藤啓介《くどうけいすけ》は校門によりかかり、抱き合って別れを惜しんだり連絡先を交換したりする卒業生たちを眺めながら、目当ての先輩が来るのをじっと待っていた。

告白とか、そういう色っぽい事情ではない。そもそも相手は男であり、最後に一つ、文句を言わなければ気が済まなかった。

しばらく待っていると、人込みの中、一人の男子生徒がこちらに向かって歩いてくるのを啓介は見分けた。こういう時に背が高いのは便利だと思う。

胸に花を挿《さ》しているから、一目で卒業生と分かる。今から夜逃げでもするような馬鹿みたいに大きいボストンバッグを担《かつ》ぎ、左腕には在学中片時もはずさなかった「報道」の腕章。黙っていればわりと女子から人気の出そうな端整な顔立ちをしているが、残念なことに、啓介はこの人が黙っているのを見たことがなかった。

「とんでもない荷物ですね」

声をかけると、水村零時《みずむられいじ》は得意そうに笑った。

「今夜の便で出る」

「まずはどこに行くんですか？」

「バングラデシュ」

「……治安とか大丈夫なんですか？」

そう尋ねると、水村はあきれ顔になった。

「工藤くん。君はまだ、ジャーナリストとしての自覚が足りていないな。僕はそれを知るために行くのだよ。聞きかじった情報など、クソの役にも立たない」

つくづくエキセントリックな男である。この一年間、水村に振り回された日々を思い出して、啓介はため息をついた。

「で、こんなところで待っていたということは、餞別《せんべつ》でもくれるのかな？」

「いえ……最後に文句を言いに来ました」

啓介はポケットの中にねじこんでいた『波のこえ』四月第一号の原稿を広げて、水村に見えるよう突き出した。

「なんですか、この、『新入部員を大々的に募集する』っていうのは？」

「言葉通りの意味だが？」

水村《みずむら》はとぼける。

「俺、何度も言いましたよね……来年から部員は、俺一人でいいって」

「ああ、確かに君は言っていたな。しかし」

水村はお得意の、人を小馬鹿《こばか》にした笑みを浮かべた。

「僕がそれを了承した覚えはない」

つくづく性格のひん曲がった人だと、啓介《けいすけ》は思う。啓介が積極的な人付き合いを好まないことを知って、わざとやっているに違いなかった。

「……まぁ、もういいです」

本当ならジャナ研を辞めたいところだが、校則で何かしら部活には入らないといけない決まりになっている。そもそも一年前にジャナ研に入ったのも、当時部員が水村一人であり、余計な人付き合いに煩《わずら》わされずにすみそうだと思ったというだけの理由だ。それに、水村は中学時代の新聞部の先輩でもあり、一応気心は知れていた。

「どうせジャナ研に入る物好きなんて、そうそういないはずですから」

水村は「違いない」と笑うと、左腕につけていた「報道」の腕章をはずし、啓介に差し出した。

「そういえば、渡しそびれていたよ。今日から君のものだ」

少しだけ躊躇《ためら》ってから、啓介は腕章を受け取る。

「さて、最後の問答だ。工藤《くどう》くん、ジャーナリズムとは何だ?」

唐突な謎《なぞ》かけだが、啓介はこの一年ですっかり慣れてしまった。この禅問答もどきは、水村の趣味みたいなものだ。

「エゴイズムです」

啓介は、はっきりと言う。

「悪事を犯した人間をこれでもかとばかりに叩《たた》き、再起不能にする。他人の心に土足で踏み入って、誰にも知られたくない秘密を暴《あば》き出す……己《おのれ》と観衆の好奇心を満たすという、それだけのために」

「なるほど」

水村は薄い笑みを浮かべたまま、否定も肯定もしなかった。

「だから俺は、水村さんのような記事は書きません。参考書ランキングとか中間テスト対策とか、そんな毒にも薬にもならない文章ばかりを書き続けます」

「文句は無いさ。今の編集長は、君だ」

水村は視線を落とし、啓介の手のひらの上にある「報道」の腕章を見つめた。

そして、小さく右手をあげる。

「じゃあ、僕はこれで」

「ええ……気をつけてください」

啓介《けいすけ》は頭を下げる。エキセントリックで傍若無人《ぼうじゃくぶじん》、とんでもない人だったが、明日からいなくなると思うと一抹の寂しさは胸をよぎった。これも卒業式マジックだろう。

「ああ、そうだ」

水村《みずむら》は校門を過ぎたところで振り返る。

「ジャーナリズムの道に惑《まど》ったら、図書室の書庫に保管してある『波のこえ』のバックナンバーを見たまえ」

「書庫ですか？」

啓介は首をひねる。バックナンバーは、部室にも保管してあるはずだが。

「置き土産《みやげ》だよ。なにも声高に叫ぶだけが、ジャナ研の活動ではないからね」

水村は何やら思わせぶりにそう言うと、今度こそ振り返らずに、校門からゆるやかに延びる坂を下っていった。

第1話
ノート消失事件

四月の放課後は賑《にぎ》やかだ。

高校生活も二年目に入って、あらためて気づかされる。

どの部活も新入生勧誘のため活動のアピールに躍起になっており、窓の外から聞こえてくる体育系の部活のかけ声は、いつもより一割増しに聞こえた。軽音部や合唱部といった音楽系の部活も負けてはいない。まだ春先だからだろう、吹奏楽部はパート練習に力を入れているようで、校舎のあちこちにユーフォニウムやトランペットの音がとりとめもなく響いている。しかし早くも練習に飽きたやつがいるようで、一瞬、『ルパン三世』のイントロが流れて崩れた。

その雑多な喧噪《けんそう》のなか、A棟四階の北端にあるジャナ研の部室は、至って地味な様子だった。工藤啓介《くどうけいすけ》はひとりパイプ椅子《いす》に腰かけて、新聞『波のこえ』を売っていた。

もちろん、ひっきりなしに客が来るわけではないから、合間でノートパソコンに向き合って黙々と原稿を書いている。今月から水村《みずむら》がいなくなった分、書かなくてはいけない量は二倍に増えた。面倒ではあるが、新たな部員を迎えるよりは精神衛生上よっぽどいい。現在、親しい友人は幼なじみの腐れ縁が二人だけいるが、それ以上に顔見知りを作ることを、啓介は徹底して避けていた。「敵も味方もつくらない」が、工藤啓介の学校生活上での信条である。

長机に平積みした『波のこえ』四月第一週号は、順調にその数を減らしつつあった。明らかに部活を途中で抜けてきたと思われる柔道着姿の大男から、明るい茶髪にゆるいウエーブをかけた派手な印象の女子生徒まで、その読者層は幅広い。若手の教師も何人かおもしろがって買いにきていた。学生新聞としては、かなり健闘している方だ。

しかし啓介は、机に積み上げた百円玉を数えながら、来週からはこの半分も売れないだろうと予想していた。

水村零時《れいじ》の名前は大きい。現在の読者の大部分は、水村の書いた記事を目当てに『波のこえ』を買っているようなものだ。そして今週号が、水村が携わる最後の『波のこえ』になる。つまり来週からは、水村零時の名前無しで一部百円の素人《しろうと》新聞を売っていかなくてはならない。自身にそれだけの才覚があると、啓介はとても思えなかった。

とはいえ……だ。『波のこえ』が廃刊になったら、ジャナ研は潰《つぶ》れる。生徒は全員何らかの部活ないし委員会に所属すべしという校則がある以上、もしジャナ研が潰れたら、啓介はどこかの団体に入らなくてはいけなくなる。それだけは死んでも御免なので、とりあえずはこうしてカタカタと、毒にも薬にもならない記事を書き続けるしかなかった。売り上げ維持の方法については、おいおい考えることにする。

客の入りが一段落し、ふいに時計を見ると、午後四時を少し過ぎた頃だった。七時には教師が各教室をまわって施錠することになっている。片付けの時間を見込んでもまだ余裕はあった。しかし、今日だけでもう三十部以上売れたことだし、無理して粘《ねば》る必要もないだろう。

今日の売り上げを備え付けの金庫に入れてから、啓介は部室を出る。

階段を下りて、一階の職員室前の廊下に出た時、啓介は「おや」と思った。

茜《あかね》色に染まった職員室前の廊下を向こうから歩いてくる、一人の女子生徒が気になったのだ。

彼女がただ歩いているだけだったら、別に気に留めることもなかっただろう。しかし彼女は、数十冊のノートを両手で抱えて歩いていた。重ねられたノートで前方の視界がふさがれている上に、ジェンガの終盤のようにぐちゃぐちゃに積まれているから、見ていて危なっかしいことこの上ない。女子生徒は中庭の方面に向かっていたが、平たんな廊下でさえ右へ左へ千鳥足という様子だ。一歩よろめくたびに、長い黒髪がふわりふわりと振り子のように揺れるから、何だか新手の大道芸めいて見えた。

一人でずいぶん無茶をするなと思いながら、すれ違おうとした、その時だった。

彼女はいよいよ大きくよろめいて、啓介《けいすけ》と肩をぶつけてしまった。ただでさえバランスの悪い状態で高く積まれたノートの山はひとたまりもなく、大きな音を立てて崩れ落ちる。ノートを運んでいた女子生徒自身も、床にしりもちをついて倒れてしまった。

「あの……」啓介はおそるおそる、声をかける。

見ず知らずの他人に自分から話しかけるなんていうのは、久しぶりだった。

「大丈夫、ですか?」

誰かとかかわり合いを持つのは最小限にしたいところだが、さすがに自分とぶつかって倒れた人を無視して通り過ぎるのは、その最小限を割るだろう。

転んだ女子生徒は、「ええ……こちらこそすみません」と小さく頷《うなず》いた。ぶつかった衝撃でズレてしまった銀縁眼鏡を掛けなおしながら、慌《あわ》てて立ち上がる。

すらりと背の高い人だった。黒髪を腰まで伸ばしていて、白い肌にメタルフレームの眼鏡がよく馴染《なじ》んでいる。人形めいて整った顔立ちのため、その造作だけをとらえれば怜悧《れいり》で情が薄くも見えたが、大きな琥珀《こはく》色の瞳《ひとみ》はむしろ感情をはっきりと映していた。今はとても不安そうな色を浮かべており、ぶつかった啓介を心配している様子だった。

「お怪我《けが》は……ないでしょうか？」

正直、少し右肩が痛かったが、そんなことを言って「では、すぐ医務室に行きましょう！」なんていう展開になるのも面倒だと思った。だから、「別に、どうってことはないです」と答えておく。すると、彼女は傍《はた》から見てもそうと分かる様子で安堵《あんど》して、「よかったです」と微笑《ほほえ》んだ。

一応の礼儀として、啓介は膝《ひざ》をついて周囲に散らばっているノートを拾い集めた。しかし十数冊を抱えたところで、それが意外なほど重いことに気づく。女子が一人でこの倍を運ぶというのは、さすがに無茶だろうと思った。

「あの……」

「はい」

「これ、どこまで運ぶんですか？」

一応聞いてみると、彼女はこともなげに言った。

「私のクラスなので、D校舎の四階です」

……誰だか知らないが、彼女に仕事を頼んだやつは、よほど何も考えていなかったのだろう。ここ職員室前ロビーからD校舎までは遠い。広大な敷地を有する海新《かいしん》高校の、ちょうど北端と南端にあたる。四階までなら、なおさらだ。

啓介《けいすけ》はノートを二十冊ほど抱えると、女子生徒には渡さず、そのまま立ち上がった。

「手伝いますよ」

そう申し出ると、女子生徒は、ひどく驚いたような顔をした。眼鏡の奥で、琥珀《こはく》色の瞳《ひとみ》を何度も瞬《しばた》かせる。まるで幽霊でも見たようだった。

「い、いいんですか?」

「べつに……暇なんで」

面倒事は避けるのが啓介の主義だが、さすがに今回はぶつかってしまったという負い目がある。少しぐらい手伝っても、罰《ばち》は当たらないだろう。

しかし彼女の様子が、何やらおかしい。もじもじと両手を擦《こす》り合わせながら、「いえ、そういうことではなくて、ですね……」と小声でぶつぶつ呟《つぶや》いている。そして、うつむけていた顔をようやく上げて、

「その、私、三年C組の白鳥真冬《しらとりまふゆ》なんですけど——それでも大丈夫ですか?」

……よく意味が分からなかった。

もしかして、白鳥真冬と名乗ったこの女子生徒はいじめられっ子か何かで、自分を助けると啓介にまで累が及ぶかもしれないと、心配しているのかもしれない。

「事情がのみ込めませんけど……手伝ったら迷惑ですか？」

そう尋ねると、彼女は首を横にぶんぶん振った。

「いえ、そんなことは！　決して！」

「じゃ、手伝います」

小学生じゃあるまいし、アホらしい。それに、いまさら周囲にどう思われようが、知ったことではないと思った。

D校舎の方面に向かって歩き出すと、彼女は小走りで追ってきた。

「あの、ありがとうございます！」

今度はずいぶん嬉《うれ》しそうだ。

先ほどから表情がころころと変わっている。言葉遣いは丁寧《ていねい》だが、感情はすぐ顔に出るタイプのようだった。

「……もう帰るだけでしたから」

一方の啓介は、視線をそらす。人の目を見て話すのは得意ではなかった。初対面であれば、なおさら。

いったん中庭に出ると、発声練習をしている放送部の目の前を横切った。所在なげに立っているのは仮入部の一年生だろう。グラウンドの順番待ちをしている野球部がユニフォームに着替えて腕立て伏せをしていた。いくら敷地が広いとはいえ、グラウンドや体育館、音楽室などは一つだから、部活はおのおの工夫して活動している。筋トレをしている野球部員たちがこちらをじっと見ているのは、ノートを運んでいる男女二人連れが物珍しいからではなく、他に見るものが無いからだろう。その証拠に、チアリーディング部がストレッチを始めるとまるで磁石に吸い寄せられるように、全員の視線が一斉に流れた。中庭は風が強く、前を歩く白鳥《しらとり》真冬《まふゆ》の黒髪がゆるやかな渦を巻いている。

中庭を歩いていると、ベンチに座ってギターの音合わせをしている金髪の軽音部員を見かけた。全校でたった二人しかいない啓介《けいすけ》の友人のうちの一人、京本《きょうもと》良太郎《りょうたろう》だ。両側に女子生徒をはべらせていて、相変わらずバカみたいにモテるやつだと思った。そして啓介と女子生徒が並んで歩いているのを認めたとたん、放課後の淡い恋を歌った十年ぐらい前のバラードの弾き語りを始める。

「あの方、お友達ですか?」

真冬が興味深そうに尋ねてくる。

「まぁ…… 一応」

相変わらず余計なことをするやつだと、啓介は思った。

しかし中庭に響き渡る良太郎の歌声は、無類である。乱れた女性関係や校則など意に介さない髪型など、いい加減極まりない性格の男だが、音楽をはじめ芸術方面への才能は尋常ではなかった。

賑《にぎ》やかな中庭を抜けると、真冬はC校舎の昇降口に入った。真冬はこまめに後ろを歩く啓介を振り返り、「そこは段差がありますよ」「もう階段は終わりですよ」と忙しく気遣う。

「そういえば……」彼女は廊下を歩きながら、思い出したように言った。

「まだ、お名前も伺っていませんでした」

「……」

お互いの名前を知るというのは、つまり、知人になるということだ。知人を増やすということに、啓介は強い抵抗感を持っている。

しかし、まさか「名乗るほどの者ではありません」とか、「通りすがりの者です」と答える茶目っ気も、啓介には無かった。それに真冬は先ほどから、甘い琥珀《こはく》色の瞳《ひとみ》で、じっと啓介の顔をのぞきこんでいる。最初は聞こえないふりをして、頑張ってあさっての方向を向くことで対抗していたが、さすがに首の付け根のあたりが痛くなってきた。

「……工藤《くどう》啓介、です」啓介は諦《あきら》めて名乗った。

しかし真冬は、まだ視線をそらさない。もっとプロフィールを教えろ、ということだろうか。

「……」

見つめられていると、なんだか頰《ほお》のあたりが温度を持ってきた気がして、結局啓介は根負けした。

「二年A組で、部活はジャナ研……ジャーナリズム研究会に入っています」

部活の名前を出すと、真冬《まふゆ》はなぜか、とても嬉《うれ》しそうな顔をした。

「『波のこえ』、いつも楽しみにしています」

突然自分のつくっている新聞の話題が出て、啓介《けいすけ》は少し驚いた。

「『波のこえ』を知ってるんですか?」

真冬は、もちろん、と言わんばかりに大きく頷《うなず》く。

「毎週読んでいます。今週号も読みました」

今までの販売会で、真冬を見かけた覚えはない。『波のこえ』は校内の売店でも委託販売しているから、おそらくそちらで買ったのだろう。

「……どうですか?」少し迷ったが、訊《き》いてみることにした。「その……つまらないとか、おもしろいとか」

渋々活動しているとはいえ、現金という対価を得ている以上は、評価は気になるところだった。

「おもしろい記事ばかりです。水村《みずむら》さんの記事にはいつもびっくりさせられますし、工藤《くどう》さんの記事を読むと、ユーモアのある文章にくすりと笑ってしまいます」

真冬は手放しに褒《ほ》める。しかし、単なるおべっかという感じはしなかった。

「工藤さんは、文才があるのですね」

「……どうも」

悪くない評価をもらい、多少ほっとした。まぁ、さすがに書いた本人を前にして「ゴミのような記事でした。お金を返してください」とは言わないだろうが。

「ただ――」真冬は続ける。

「来週号からは、水村さんの記事がなくなるんですよね？」

「ええ、あの人は卒業しましたから」

「すると、来週号からは、今までの『波のこえ』に比べて、紙面の雰囲気がだいぶ穏やかになりますね」

その予想を聞いて、啓介は深く頷く。

『波のこえ』はもともと、政治的な議論の場として創刊された。たとえば六〇年代の紙面を見ると、ベトナム戦争や安保条約について多様な意見が述べられている。

もちろん、その編集方針が現在まで一切変わらずにきたわけではない。近年ではより幅広い読者を獲得するため、「編集部が選ぶ新入生向けのおすすめ参考書」や「市内ラーメンマップクロスレビュー付き」といった、高校生向けの一般情報誌としての要素を多分に含むようになった。逆に政治色については、十年ほど前からほぼ消えている。

では、時代の流れの中で『波のこえ』がただのタウン情報誌になったのかと言えば、そうでもない。九〇年代以降の編集方針は、「校内で発生した事件・疑義・騒動について、教師におもねらず真実を明らかにする」という、ただ一点に尽きる。その熱意と行動力たるや尋常ではなく、明らかに高校生の部活の範疇《はんちゅう》を超えていた。三年前のバックナンバーでは、ある数学教師に内申点の操作疑惑が持ち上がった際、その教師が担当した生徒二百人分の定期テストの点数と最終評定の相関関係を調査して、一部の生徒が不当に内申点を下げられているという論拠を示した。その結果――かどうかは分からないが――不正を看破された数学教師は三か月後に依願退職したという。

そして、来週号。すなわち啓介《けいすけ》が編集長となって作成した四月第二週号からは、その反骨の気概すら紙面から失われ、本当にただの、毒にも薬にもならないメディアになってしまうのだと、啓介自身が一番よく分かっていた。

「俺にああいうのは、無理です。……素養が無いので」

そのことについて、真冬《まふゆ》は一瞬何か言いたそうな顔をしたが、結局するりと話題を変えた。

「放課後は毎日、原稿を執筆したり、取材に行っているんですか？」

「いつも、ってわけじゃありません」

「では、部活以外にも何かやっていらっしゃるんですか？」

真冬は再び、啓介の顔をのぞきこむ。口調こそ年下の啓介に対しても丁寧《ていねい》だが……わりと遠慮なく、ぐいぐい距離を縮めてくる人だと思った。

正直なところ、啓介の得意なタイプではない。

「ジムです」

「ジムというと――」真冬は少し間を置いてから、続けた。「マシントレーニングとか、ヨガとかの」

「あ、いえ」

確かにジムと言ったら、普通、そっちが先に出てくる。

「修斗、って分かりますか」

彼女は少し考えるような間を置いてから、「サッカーですか？」と尋ねる。おそらく、〝シュート〟に聞こえたのだろう。競技人口は増えてきたとはいえ、知名度はまだこんなものだ。

「まぁ……いわゆる総合格闘技です。ボクシングに加えて、蹴《け》りとか、絞めとか」

真冬は意外そうな顔をした。確かに啓介は、身長こそわりと高いものの、いかにも格闘技をやっているような体格ではなかった。むしろ痩《や》せている方だろう。

「工藤《くどう》さんが戦っているところは、ちょっと想像できませんね」

「まぁ、実際負けてばかりです」啓介は自嘲《じちょう》する。「知り合いに誘われて一年前に始めたんですけど、試合では一度も勝ってません」

もともと運動は苦手な方だ。

真冬は穏やかに微笑《ほほえ》んで、「大丈夫です」と言った。

「練習を続けていれば、きっと勝てますよ」

初対面である彼女の言葉に、気休め以上の意味などあるはずないのだが、なぜか空々しい感じはしなかった。

真冬《まふゆ》は廊下の突き当たりにある三年C組の教室の前で立ち止まった。彼女は両手で抱えたノートをいったん床に置き、ドアに手をかける。

しかしスライド式の扉は、動かなかった。

「どうしました？」

「鍵《かぎ》が……掛かっているみたいです」

真冬はやや困惑したような様子で言う。腕時計に目をやると、まだ四時三十分だ。念のため教室の反対側のドアも確認したが、やはり施錠されていた。

「早いですね」

「ええ。普段は七時まであいているのですけど……少し待っていてください、すぐ鍵を借りてきます」

真冬は足早に来た道を戻っていく。

よく考えてみれば、すでにノートは目的地まで運びきったようなものなのだから、啓介《けいすけ》がここで立ち去っても問題ないだろう。しかし、ノートの束を床に放置しておくというのも、何となく気がひける。ここまで手伝ったのだから、数分ぐらい待ってみようと思った。

窓の外の、山際にかかりはじめた夕陽《ゆうひ》を見るとも無しに見ているうちに、真冬は戻ってきた。息を切らしているところを見ると、階段を駆け上がってきたのかもしれない。

「すみません、お待たせしました」

真冬が鍵をあけたあと、啓介はノートの束を抱えなおして三年C組の教室の中に入った。鍵が掛かっていたので当然と言えば当然だが、教室の中には誰もいない。椅子《いす》や机が、夕陽のなかで静かにうずくまっているだけだ。

三年生の教室に入ったのはこれが初めてだ。教壇のうえにノートの束を置いたあと、啓介は興味本位で教室内を見渡してみた。

当たり前だが、教室内の基本的なレイアウトは啓介のいる二年A組とほとんど変わらない。ただ、漫画やファッション雑誌が堂々と積まれている机が複数あるのが気になった。海新《かいしん》高校は校則の厳しい学校ではなく、どちらかといえば生徒の自主性を重んじる校風だ。月に一回、校内一斉の大掛かりな持ち物検査はあるが、煙草《たばこ》でも出てこない限り何も言われない。しかし授業に関係ないものを隠しもせず机の上に置いて帰るのは、少しだらしのない印象を受ける。

教室を見渡す啓介の視線に気づいたのか、真冬は恥ずかしそうに言う。

「三年生になると、受験勉強は予備校でやっているので、学校の授業を自由時間と考えている人が多いのです」

彼女は苦々しい表情を見せた。真冬自身はその考え方に賛同しているわけではないのだろう。

そして、啓介《けいすけ》が気づいたことがもう一つ。

「ずいぶん、下校が早いんですね」

啓介のクラスでは、放課後の教室を自習室代わりに使用している生徒も少なくない。五時前に、すでに一人もいないというのは、少し違和感があった。

「今日は球技大会の打ち上げで、クラスのみんなでバーベキューをやるんです」

では、真冬《まふゆ》はどうするのか。啓介が抱いたその疑問を彼女はすぐに察したらしく、「先生に頼まれた仕事が終わったら、合流します」と補足した。

真冬はノートを一冊ずつ、表紙の名前を確認して席に配り始めた。本当に真面目な人だと思う。

このあとは電車に乗ってジムに行くだけだから、彼女を手伝うこともできた。しかし、そこまでする必要というか、義理は無いだろうと思った。ノート数十冊をD棟四階まで運ぶのはちょっとした労働であり、彼女一人では大変だろうと思ったからこそ、先ほど啓介は手を貸した。しかしノートを席に配るのは簡単だ。それに、三年C組の面々の顔と名前が一致しない啓介では、逆に非効率な仕事になる。

「じゃあ……俺はこれで」

「とても助かりました。ありがとうございます」

真冬は丁寧《ていねい》に頭を下げる。

そして、「修斗、がんばってください。応援しています」と、薄い眉《まゆ》を綺麗《きれい》な弓形にして、優しくまどろむような微笑《ほほえ》みを見せた。

×　　×　　×

駅の改札でスイカを取り出そうとした時、財布を部室に忘れてしまったことに啓介は気づいた。

こういう場合、駅員に事情を話せば電車に乗ることができるという話を聞いたことがあるが、それはそれで面倒である。片道三十分の道を戻る労力は無駄に違いないが、自分のポカが原因なので仕方ないと思った。周囲に同じ海新《かいしん》高校の制服を着ている者は大勢いたが、他人との距離をできるだけとりたい啓介にとって、金を借りるなどそもそも論外だった。

校舎に戻ると、中途半端な時間なので下駄《げた》箱《ばこ》の周辺に人影はなかった。まっすぐに下校するには遅く、体育系の部活をやっている連中が体育館や校庭から戻ってくるにはまだ少し早い。先ほどからぱらぱらと小雨が降りはじめていて、あれだけ賑《にぎ》やかだった中庭も、今は雨粒が地面を叩《たた》く音しか聞こえなかった。

部室のあるA棟へのショートカットのため中庭を走って抜けようとすると、銀縁眼鏡をかけた背の高い女子生徒が、ふいに啓介の視界に入った。

真冬だ。

先ほどノートを運び終えてから、もう一時間近く経《た》つ。他にも何か仕事を押しつけられていたのだろうか？　それにしては、特に何をしているという様子でもない。雨の降る中庭を、傘もささないで歩きながら、落ち着き無く周囲を見渡している。必死に何かを捜しているように見えた。眉根《まゆね》を寄せているのは、不安の表れだろうか。

べつに気にせず部室に向かってもよかった。ただ困っているような表情を見てしまった以上、あえて無視するのも後味が悪い。一度は手伝ったのだから、事情ぐらいは聞いてみようと啓介《けいすけ》は思った。

「……あの」

声をかけると、彼女はびっくりしたように振り返った。

「工藤《くどう》さん――先ほどは、ありがとうございました」

真冬《まふゆ》は丁寧《ていねい》に頭を下げながら、しかし何か言いたげな表情で啓介を見上げている。躊躇《ためら》っているようだった。

「何かありました？」

水を向けると、彼女は意を決したように口を開く。

「あの、こんなことを伺うのは、とても失礼だと思うのですが――」

そう前置きする。しかし、彼女が〝とても失礼な〟ことを口にするとは思わなかった。

「ノートを運んでいただいた時、一冊、どこかに落としてしまったかもしれないという、心当たりはありますか?」

少し日本語がおかしいのは、啓介に気を遣っているからだろう。

啓介は一拍置いて、答えた。

「たぶん……落とさなかったと思います」

啓介の答えを聞くと、真冬は暗い表情で頷《うなず》いた。

「そう……ですよね」

ノートはそんなに小さいものではないし、落として気づかないということはないだろう。彼女も、念のため確認しただけのようだった。

「もしかして、数が合わないんですか?」

「ええ、一冊……」

よく見ると、彼女の表情は青ざめていた。まるで取り返しのつかない過ちを犯したとでも言うように、「どうしましょう……」と悲痛な声でつぶやく。

——数え間違いかもしれないし、もし本当にどこかに落としてしまったとしても、すぐに出てきますよ——

そう言って踵《きびす》を返し、部室の方に向かうこともできた。

しかし、目の前で微《かす》かに震える白くてか細い腕を見ていると、ここで背を向けて立ち去ることが、啓介には何となく躊躇われた。長い黒髪は雨に濡《ぬ》れて乱れている。瞳《ひとみ》は憔悴《しょうすい》しきった色を浮かべていた。

……彼女が何か悪いことをしたわけでもないのに、ひとり冷たい雨に打たれるというのは、あんまりだろう。それに、もしノートの紛失が啓介《けいすけ》の責任だったとしたら、さすがに申し訳が立たないと思った。誰かと積極的にかかわり合うのは避けたいところだが、自分のミスの挽回《ばんかい》のためであれば、やむをえない。

「雨も降ってますし……とりあえず、教室に戻ってノートの冊数を確認しましょう」

×　×　×

「三十五、三十六……三十七。やはり、一冊足りません」

切羽詰まった暗い声色は、怪談の『番町皿屋敷《ばんちょうさらやしき》』を思わせる。このままノートが見つからず、生真面目な彼女は責任を取るため屋上から身を投げて、それ以来、海新《かいしん》高校のD校舎には夜な夜なノートの冊数を数え上げる死んだ女子生徒の声が響きわたるという……なんて顛末《てんまつ》は勘弁してほしかった。

「俺も捜しますよ」

ジムでの練習は六時半からだ。少しぐらいなら手伝える。何より、ここで真冬《まふゆ》を放り出して恨まれでもしたら、それこそ彼女と深いかかわり合いを持ってしまうことになる。

快適な孤独を維持するためには、親しい人を作らないのと同じくらい、敵を作らないことも重要だ。どちらのベクトルにも注意を払わなくてはいけない。憎まれない程度には、日ごろから愛想よく振る舞う必要があると啓介は思っている。

「いいんですか？」

真冬は驚いたように声を上げる。やはり、人から助けられるのに慣れていないような様子だった。彼女の周りには、冷淡な人間しかいないのだろうか。

「ええ、今日の練習は夜からなので」

真冬は「ありがとうございます」と、丁寧《ていねい》に頭を下げる。

さて、どうするか。助力を申し出たものの、今回はノート運びのように、体力だけでは解決できそうにない。地道に、順序立てて考えていく必要がある。

とりあえずは、対象の確認か。

「失《な》くなったノートは、どんなものか分かりますか？」

他人が使っている文具の種類など、そうそう覚えているものではない。答えが返ってくることに期待はしていなかったが、彼女はこともなげに「江田《えだ》さんのノートですから――ごく普通の、キャンパスノートだったと思います」と答えた。

「よく覚えてますね」

「ええ、江田さんとはたまに、一緒に勉強をしているので」

失《な》くなったノートの持ち主は、江田《えだ》というらしい。役には立たないと思うが、一応、その名前を啓介《けいすけ》は覚えておくことにした。

「科目は何ですか?」

「世界史で、今は近世のヨーロッパを学んでいます。私のものでよろしければ、どうぞ」

真冬《まふゆ》はそう言って自分のノートを手渡した。内容を見てもノート捜しには役に立たないという気はするが、借りてそのまま返すのもなんなので、適当にページをめくる。

硬筆のお手本のような字だった。重要な事件や年号は赤のボールペンで書かれていて、情報がよく整理されている。単に板書を写すだけではなく、見返してわかりやすいよう工夫しているようだった。

最後のページは、スペインのいわゆる黄金時代で終わっていた。「無敵艦隊」や「太陽の沈まぬ帝国」といった景気の良い単語が並んでいる。

あまりじろじろ見るのも悪いので、啓介はノートを真冬に返した。

「歩いてきた道を戻ってみましょう」

まずは物さがしの定石に従うことにした。

啓介と真冬は三年C組の教室から廊下に出る。そして、じっと床を見渡しながら一時間前来た道を逆方向にたどった。

「あれから、ずっと捜してたんですか?」

「はい。ただ、どこにも無くて……」

つまりこの人は、たった一冊のノートを一時間近く捜し回っていることになる。普通だったら、とっくに諦《あきら》めて帰っているだろう。というか、啓介であれば間違いなくそうしている。人一倍我慢強いのか、あるいは自身の責務に対して誠実なのか。おそらく、その両方だろう。驚くほどに倫理観の高い人だと啓介は思った。

三年C組の教室から社会科職員室まで、ゆっくり歩いて五分ほどの道のりだった。注意深く周囲を見て歩いてきたつもりだが、やはりノートは落ちていなかった。もっとも、このルートはすでに真冬が何度も往復して確認しているに違いない。ならば見つからないのは当たり前と言える。廊下や階段に大きな遮蔽物《しゃへいぶつ》は無く、またノートもA４サイズのものだから、どこか物陰に入り込んでいるとは考えにくい。このままむやみに歩き回ったところで、捜し物が見つかる見込みは薄いだろう。

「とりあえず、状況を整理してみましょう」

いったん落ち着こうと、啓介は真冬を連れて再び三年C組の教室に戻った。真冬は自分の席に、啓介は近くの適当な椅子《いす》に腰かける。

「そういえば……」一つ、肝心なところを確認するのを忘れていた。「落とし物の問い合わせはしました?」

「ええ、教務に」

財布や定期であれば、拾ってそのまま自分の懐《ふところ》に入れるやつもいるだろう。しかし、今回失《な》くなったのはただのキャンパスノートである。決して高価なものではない。

「江田《えだ》さんのノートは、特別に分かりやすいものでしたか？　たとえば図解が豊富で、テストの予想問題が載っているとか」

「いえ……特には」

まぁ、たとえ江田という生徒のノートが参考書並みに分かりやすかったところで、盗んでまで自分のものにしようとは思わないだろう。いったんコピーして、後で何食わぬ顔で返せばいいだけだ。

真冬《まふゆ》が、「ただ――」と続ける。

「普通のノートとは、ちょっと違ったところがあります」

「というと？」

「江田さんは、フルネームを江田アリスというのですが、今年に入って転校してきたスコットランドからの帰国子女です。簡単な日常会話は日本語でも何とかできるのですが、読み書きがまだ苦手で、板書を授業中に写すことができません。ですから、休み時間に私がノートを貸して、江田さんは漢字や記号にふり仮名をつけながら写しています」

なるほど。先ほど彼女は、江田と「一緒に勉強している」と言っていたが、真冬が江田に勉強を教えているというのが実際のところなのだろうと、啓介《けいすけ》は想像した。

江田アリスのノートは、通常のノートとは違い、ふり仮名だらけである。また、「読み書きがまだ苦手」ということは、字もあまり整っていないと思われた。要するに、読みにくいノートだ。拾ったところで使い道がない。やはり、落としたノートを誰かが持っていったという可能性は低いように思えた。

そもそも、運んでいる途中にノート一冊を落とせば、よほど注意力が散漫になっていない限り気づくはずだ。

「ノートが一冊足りないことに気づいたのはいつですか？」

「工藤《くどう》さんに教室まで運んでいただいたあと、すぐです。ノートを一冊ずつ、みなさんの席に配っている時に気づきました」

配っている最中にノートを紛失してしまうとは考えにくい。教室まで運び終えた時点で、すでに江田のノートは消えていたと考えるのが妥当だろう。

しかし、運んでいる時に廊下で落としたわけでもない。真冬が鍵《かぎ》を取りに行っている間は啓介が荷物番をしていた。

すなわち。

「最初からノートは、一冊足りなかったのかもしれません」

推論の流れとしては、適切だったと思う。

しかし真冬は、すぐにこの意見を却下した。

「残念ですが、その可能性は低いと思います」

彼女がはっきりと反論したのが、少し意外だった。面倒な仕事を押しつけられるぐらいだから、気の弱い人だと思っていたが。主張はしっかりと口にするタイプらしい。

「なぜです？」

「ノートを教室に持っていくよう頼まれた時、三田村《みたむら》先生は、数はもう確認してあるとおっしゃっていましたから。あとは配るだけでいいと」

三田村ということは、啓介《けいすけ》のクラスの世界史を受け持っているのと同じ教師だ。三十歳ぐらいの非常勤講師で、授業が分かりにくく、しかもよく内容を間違える。あまりにミスが多いので、去年ＰＴＡで問題になったと聞く。

『数はもう確認してある』

しかし啓介が気になったのは、そこではない。

……その言葉に、啓介は強い違和感を覚えた。

「妙ですね」

啓介がつぶやくと、真冬《まふゆ》は首をひねった。

「どういうことですか？」

「三田村先生の言動には、最初から少し妙なところがあります」

真冬はまだピンときていないようだった。

職員室前の廊下でノートの束を抱えて歩いている真冬を最初に見た時、啓介はまず「いかにも危なっかしい」という印象を抱いた。積み上げたノートの方向が一致していなかったので、ジェンガの終盤のようにバランスが悪く、山が今にも崩れそうだったからだ。

しかし、冊数を確認したのであれば、ノートは整然と積まれていたはずである。あんな状態では、数えにくくて仕方ないはずだ。さらに言えば、ノート数十冊を運ぶよう誰かに依頼する時に、わざわざ一冊一冊の向きを互い違いにして渡す馬鹿《ばか》はいない。そんなことをすれば、運んでいる最中にノートの束は安定を失い、遠からず倒壊することは目に見えている。考えてみれば、女子生徒一人に約四十人分のノートを運ばせることがそもそもおかしい。

「三田村先生は、ノートをわざと乱雑に積み上げてから、白鳥《しらとり》さんに渡したのかもしれません」

真冬は怪訝《けげん》そうな顔をする。

「それは……どういう意味でしょう？」

「ノートが整然と積まれていれば、運びながら数えることもできます。三田村先生は、万が一にもそうされるとまずいと考えた。なぜならノートは、最初から三十七冊しか無かったからです」

それはつまり……と真冬はおそるおそる言う。

「『数は確認してある』という先生の言葉は、嘘《うそ》だったということですか？」

「ええ、その可能性は高いと思います」

この仮説に、真冬《まふゆ》は簡単には同意を示さなかった。首を横に振る。

「三田村《みたむら》先生は、確かに授業中の間違いはたまにありますが……とても真面目な人です」

「真面目な人間だって、嘘《うそ》はつきますよ」

「でも」真冬は落ち着いた口調で反論する。

その語気は、今までもよりわずかに強かったように思えた。きっと彼女は、誰かが嘘をついたとか、騙《だま》したとか、そういう不穏な事態がこの一件に隠れていると認めたくないのだろう。

「ノートの積み方が綺麗《きれい》ではなかったという、それだけをもって最初からノートが足りていなかったとするのは、少し論理が飛躍していませんか？」

言われてみれば、確かに説明を省きすぎてしまったかもしれない。

「第一に、です」啓介《けいすけ》は順を追って仮説の検証を進めていくことにした。

「そもそも、なぜ三田村先生は、白鳥《しらとり》さん一人にノート運びを任せたんでしょう？　一クラス分のノートであれば、二人、あるいは三人に頼むのが普通です」

実際、最初に啓介が真冬を職員室前で見かけた時、ノートの山を抱えた細い腕は震えていて、ほとんど限界に見えた。

「第二に、どうして三年C組の教室は施錠されていたのか？　海新《かいしん》高校では、午後七時になったら担当の教師が各教室を戸締まりして回るシステムになっています。しかし先ほどノートを三年C組の教室まで運んだ時は、まだ四時過ぎでした。誰かが、何か事情があって施錠したのだと、そう考えるのが自然です」

真冬はまだ腑に落ちていないようで、啓介の顔を不思議そうに見つめている。

「思い出してください。三年C組の教室に鍵《かぎ》が掛かっていると気づいたあと、白鳥さんは俺にノートの束を預けて、職員室まで鍵を取りに行きましたよね？」

「ええ」

「では、もし俺がいなくて一人だったらどうしていました？」

「それは……」真冬はわずかに考えるような間を置いた。

「やはり、同じです。ノートの束を教室の前に置いたまま、鍵を取りに行ったと思います」

そう、当たり前のことだ。誰だって、あの重いノートを抱えたまま一階から四階までをもう一往復する気にはならない。啓介が同じ立場でも、ノートをいったん教室前に放置しておいて、手ぶらで職員室に向かっただろう。

「今回、白鳥さんが職員室に鍵を取りに戻っている間、俺はずっとノートのそばに立って荷物番をしていました。だから、そのタイミングで誰かがノートを持ち去ったということはありえないと断言できます。しかし、もし俺がいなかったら――つまり、白鳥さんが職員室に行って戻ってくるまでの間、ノートが無防備な状態で放置されていたとしたら、どうでしょう？ノートの数が足りないことに気づいた白鳥さんは、おそらくこう考えるはずです。『しまった、目を離したあの隙《すき》に一冊盗まれてしまった』……と」

琥珀《こはく》色に澄んだ瞳《ひとみ》の底に、一瞬、暗い気づきの影がよぎったように見えた。

「たとえば明日の一時間目に、三田村《みたむら》先生が自身の手でノートを返却したとします。その時、一人分のノートが足りないことが判明した――この状況で責を負うのは、言うまでも無く三田村先生です」

真冬《まふゆ》はこくりと頷《うなず》く。

「では、これはどうでしょう。とある放課後に一人の女子生徒が、クラス全員分のノートを教師から渡されて、おのおのの机に返却しておくよう頼まれた。しかし実際にノートを配ってみると、一人分だけ足りない。教師いわく、ノートを渡した時点では、間違いなく数は合っていた。しかもその女子生徒は、数分間とはいえノートの束を無防備な状態で廊下に置きっぱなしにしていた――この場合の責任は、ノートを運んだ女子生徒が負うところになるでしょう」

つまり三田村は、あらかじめ三年C組の扉を施錠しておくことで、「ノートが失くなったのは自分のせいだ」と真冬が負い目を感じるような状況を意図して作り上げたのではないか。

真冬も、啓介《けいすけ》が言わんとしていることを察したらしい。先ほどまで不安げだった表情は、悲しみと落胆の色に変わっていた。

「すると、三田村先生は……」

彼女は言葉を切った。適切な表現を探しているようだったが、真冬の感覚に合うものは見つからなかったようで、結局ストレートな言い方をした。

「江田《えだ》さんのノートを紛失したその責任を、私に押しつけたということですか?」

「ええ」啓介は頷く。「ノートの束を職員室から二年C組の教室に運んでいる間に、どこかで一冊落としたというよりは、十分ありえる話だと思います」

「でも、三田村先生はなぜ、そんなことを?」

ミスの露見を回避し、責任を他人に押しつけようとする心理に、説明が必要とは思わない。それは普遍的な思考だ。日頃は真面目な人間だろうと、なりふり構っていられない状況に陥《おちい》れば、ふいに鬼の顔はあらわれる。

しかし、あえて指摘するならこんなところか。

「三田村先生は以前から、あまり評判の良い教師ではありませんでした。ただでさえ評価が低いのに、生徒のノートを紛失してしまったら、来年は非常勤講師としてこの高校では働けなくなると危惧《きぐ》したのかもしれません」

そこまで話し終えると、真冬はふっと息を吐いた。小細工を弄《ろう》してミスを隠蔽《いんぺい》しようとする教師に呆《あき》れたのか、自身に過失は無いと分かって安堵《あんど》したのか。

しかし彼女は、思いがけないことを言った。

「工藤《くどう》さんは、真実を見抜く才能があるのですね。さすがはジャーナリズム研究会の記者さんです」

啓介は何と答えていいのか分からなかった。

「いいえ。きっと運んでいる最中にノートを落としてしまった、普通はそこで思考の足を止めます」

慌《あわ》てて視線をそらす。

「べつに……そんなことは」

工藤《くどう》さんの発想の鋭さには驚きましたと、真冬《まふゆ》は感嘆する。

「本当に……そんな大したものじゃありません」

謙遜《けんそん》で言っているわけではない。

真実を見抜く才能——仮にそんなものが、自分にあったとして。

自身が中学時代にやったことを思えば、それを無邪気に誇ることなど、とてもできなかった。

隠された真実を白昼の下に引っ張り出した結果——いったい誰が幸せになった?

「……工藤さん?」

真冬が心配そうな表情で啓介《けいすけ》の顔をのぞきこむ。

「すみません。私、何か気に障《さわ》るようなこと……」

「あ……いえ」どうやら、ずいぶん怖い顔をしていたらしい。「何でもないです」

それよりも、と続ける。

「三田村《みたむら》先生を問い詰めるなら一緒に行きましょうか?」

今回の一件のみをもって、三田村教諭が極悪人だと断じるつもりはない。確かに授業は下手だが、生徒から質問されたら時間を割いて丁寧《ていねい》に答えていた記憶がある。非常勤という立場の弱さから、ふいに魔が差したのかもしれない。

しかし責任逃れを企てるぐらいだから、少なくとも潔い性格ではないだろう。こちらに証拠が無い以上、ノートの紛失について、しらばっくれる可能性は十分にある。

これといった手札が無い時には、ハッタリやフェイントが役に立つ。しかし、優しく生真面目な真冬にそういった技術があるとは思えなかった。逆に三田村にやりこめられる恐れがある。ただでさえ、教師と生徒、立場は対等ではないのだから。

「ありがとうございます。でも」

真冬は微笑《ほほえ》んで首を横に振った。

「江田《えだ》さんのノートのことは、私から三田村先生に確認します」

彼女の気性は穏やかで、人を問い詰めるには優しすぎるようにも思う。しかし、「確認します」と言ったその語気には、力強さがあった。道理さえ通っていれば、案外粘《ねば》り強く主張するタイプなのかもしれない。

「本当に、ありがとうございました」

真冬は深く頭を下げた。

×

×

×

その日のスパーリングで、啓介《けいすけ》は初めて大地《だいち》に打撃をクリーンヒットさせることができた。身体《からだ》が軽く、距離感もさえて遠間からのジャブが良いタイミングで入る。大地が得意の間合いに戻そうといったん離れたところで、逃すものかと踏み込みながら右ストレートを打ち抜いた。ほとんど勘で振ったパンチだが、これに手ごたえがあった。

無論、まともに当たったのはその一発だけで、あとは散々転がされて絞められたが。

「どうしたんだい、今日の啓介は？　ずいぶん調子が良かったみたいだけど」

練習が終わったあと、スパーリングパートナーの倉掛《くらかけ》大地はいつもの調子で飄々《ひょうひょう》と言った。全校でたった二人しかいない啓介の友人の、二人目である。

「……お前はまだ全然、本気じゃないんだろう？」

そう尋ねると、一時間半の練習を終えて息一つ上がっていない友人は肩をすくめた。

「そりゃあ、そうだけどさ。啓介の動きが良かったのは、事実だよ」

こうした実戦形式の練習では、選手が無用の怪我《けが》をしないよう、実力のある方がパワーやスピードを調節して技を出すことになっている。こいつが本気を出せば、啓介など数秒でマットに沈められてしまうに違いなかった。

大地は中学一年生の時にレスリングで全国優勝した経験を持つスポーツエリートだが、優勝した次の日にレスリング部を辞めて陸上部に入ったという伝説を持っている。本人いわく、「スポーツは始めたころは楽しいけど、敵がいなくなると急に飽きる」らしい。長い付き合いだが、いまだにこいつの考えていることはよく分からなかった。

そんなわけで、レスリング・走り高跳び・剣道と、中学時代だけで三つの競技の全国大会を征した大地は、今は総合格闘技をターゲットにしている。競技は始めてから約一年、すでに関東近郊のアマチュアでは敵無しのレベルになりつつある。

「もしかして、何か良いことでもあった？」

「どうしてそうなる」

大地は唇の端を上げた。

「啓介は硬派に見えて、実はけっこう繊細だからね。メンタル次第でその日の出来がまるで違う」

啓介は自身の精神面について、他人より脆《もろ》いとも強靭《きょうじん》とも思わない。ただし好不調の波があることは、トレーナーからもよく指摘されている。

「この調子なら、来月のアマ選手権、けっこういいところまでいくんじゃない？」

健康維持と暇つぶしのために始めた格闘技なので、大会になど出場したくないというのが本音だった。しかし、「せっかく練習しているのにもったいない」とコーチや大地から毎日のようにしつこく言われ続け、つい先日エントリー用紙を書いてしまった。今は後悔しているが、もう参加費の入金まで済ませてしまっているので、仕方なく初戦突破を目標に練習している。

「おまえにそう言われてもな」

啓介《けいすけ》は苦笑した。

すでにトーナメントの組み合わせは決まっている。初戦を何とか勝ち上がったとして、二回戦の相手はなんと大地《だいち》だ。スパーリングで技の威力を調節している時ならともかく、本気を出した大地に勝てるビジョンなど、まったく描けなかった。

大地は鬼神のように強い。長いリーチを活《い》かしたジャブ、レスリング仕込みのタックルは言うまでもなく、サウスポーの構えから繰り出す変幻自在の蹴《け》りはまるで軌道が読めない。むろん技術もあるが、そもそも、基礎的な身体能力からして常人と違うのだ。ピッチャーをやらせれば野球部の四番をスライダーで打ち取り、サッカーでFKを蹴らせれば無回転シュートを放つ。そんな漫画のような男だ。レスリング一本で続けていれば、大げさではなく、いつかオリンピックでメダルを取っていた気がする。少なくとも、周囲にそう思わせるだけの何かが、大地にはあった。

「啓介はまだ、間合いの取り方が大雑把《おおざっぱ》だね」

「ああ、すぐ懐《ふところ》に入られる」

投げや関節技など、さまざまな技術を組み合わせて戦う修斗だが、リーチを活かした方がいいというコーチの勧めもあり、啓介は打撃メインの戦型にしている。一八五センチの大地には及ばないが、啓介も一八〇センチ近くあり、ライト級では上背のある方だった。

「まっ、ご飯食べながら反省会しよう。今日はどうしようか？」

着替えを済ませると、大地はリュックを背負いながら訊《き》いてきた。

「『ペンギン屋』でどうだ」

それは別にワシントン条約に違反するペットショップではなく、西口に昔からあるラーメン屋だ。安くて味はまぁまぁ、何より身体《からだ》を動かした後の男子高校生の腹を十分に満足させるだけの量がある。

「いいね」

大地は、待ってました、という口調で応じた。啓介たちはトレーナーや練習仲間に挨拶《あいさつ》して、ジムを出る。午後八時の横浜《よこはま》駅西口は、まだ月曜日だというのに賑《にぎ》わいを見せていた。このあたりを学生服でうろついていると補導される恐れがあるので、別にやましいことはないのだが、さっさと駅へと向かう。もう雨はやんでいた。

「啓介が『シーガルズ』に来てから、もう一年だっけ？」

「高一の春からだから、そのぐらいにはなるな」

「正直さ」大地は人懐っこい笑みを見せる。

「啓介が総合格闘技をやってるなんて、今でも意外な感じがするよ。啓介は昔から、あんまり運動に縁が無かったし」

勝手なことを言うやつだと思った。

「体験入門に誘ってきたのはそっちだろ」

高校に入る時、大地《だいち》は「同年代が相手じゃつまらない」と言い出して部活ではなくジムに入ることを選んだ。その時に、一緒に啓介《けいすけ》も引っ張り込まれたのだ。良太郎《りようたろう》も誘ったらしいが、「ゆび怪我《けが》したらギターひけへんやろ」と言って断ったという。

「あの時は、気晴らしにでもなればと思ったんだ。だけど、まさか一年も続くとは思ってなかった」

それは確かに、啓介自身も意外に感じていることだった。子供の頃からひ弱で、足も遅く、体育の授業は憂鬱《ゆううつ》で仕方なかった。あんなもの無駄にカロリーを消費するだけだと、グラウンドを走り回る同級生を窓越しに見ながら内心で毒づいていた。その自分が、よりにもよって、まさか格闘技とは。

「まぁ、さすがに、ずっと部室に籠《こも》って原稿を書いていたんじゃ気が滅入《めい》る」

大地は「違いない」と笑った。

「そういえば、新しいクラスはどうだい？　もう慣れた？　いじめられてない？」

大地とは去年まで同じクラスだったが、今年からは別々になった。

「……お前はいつも、親みたいなことを聞いてくるな」

「ほら、啓介はシャイだから。友達ができるかどうか心配でさ」

水村《みずむら》さんが卒業して部活も一人になっちゃったし、と大地は続ける。

「……別に俺は、一人でいい」

「またそうやって格好つける」

「へんな意味じゃない。同じクラスには良太郎がいるし、ジムに来ればお前がいる。来年になれば水村さんも日本に戻ってくる。へたに交友関係を広げて、どうでもいいやつと付き合うことに、メリットを感じないだけだ」

そう答えると、大地は穏やかな目で啓介を見た。

「中学の時のこと、まだ気にしてるんだろう？」

「……」

「もうそろそろ、自分を許してあげたっていいんじゃないかな」

「……許すかどうか決めるのは、俺じゃないだろ」

二年前の事件で、啓介は加害者だった。

量刑を決めるのが、加害者自身であるはずがない。

そんなことを話しながら「ペンギン屋」に向かって歩いていると、唐突に背後から、「あの……」と女性の声で呼び止められた。

ふりむくと、白のニットにキャメルのスプリングコートを羽織った女性が立っていた。膝丈《ひざたけ》のスカートを穿《は》いて、足下はヒールの高い黒のパンプス。

啓介はファッションにはまったく詳しくないが。身なりに気を遣っている人間が多いであろうこの横浜西口《よこはま》においても、目立つ格好だった。べつに奇抜でもないが、なんというか、あか抜けている。ファッションに気合いを入れている大学生か、装いに気を抜けない職場で働いている社会人という感じだった。

すらりと伸びた白く細い脚に、一瞬、啓介《けいすけ》はどきりとした。しかしすぐに冷静になる。こんな美人が、まさか自分に用事ということはないだろうと思った。友人を振り返る。

「大地《だいち》、お前の知り合いか？」

イケメンで背が高くスポーツ万能とくれば当たり前だが、良太郎《りょうたろう》に劣らず、大地のモテ方も尋常ではない。しかもこいつは、スポーツに対する飽き性と同じように、女性に対しても典型的な「熱しやすくて冷めやすい」タイプだ。付き合うまでは真摯《しんし》に誠実にそれでいて情熱的なアプローチを繰り返すのだが、いったん恋人の関係になるとすぐに興味を失って、一か月も経《た》たず別れてしまう。前の彼女が年上の吹奏楽部員だったことは覚えているが、その一つ前となると、啓介もちょっと顔を思い出せなかった。

気を遣って離れようとしたが、その女性は啓介の方を向いたまま「工藤《くどう》さん、私です」と苦笑した。

誰だろう。中学校時代の先輩か……しかし、このぐらい目立つ人だったら覚えているはずだ。啓介は一瞬そんなことを思ったが、穏やかな琥珀《こはく》色の瞳《ひとみ》を見て、眼鏡をはずした白鳥真冬《しらとりまふゆ》だと分かった。いったん家に帰って私服に着替えたらしい。

「背が高いと、目立ちますね。そこで見かけたので、つい、話しかけちゃいました」

　真冬は上目遣いに微笑《ほほえ》む。

　隣で大地がにやにやしているのが、見なくても分かった。

「あ……どうも」そんな気の抜けた言葉しか出てこない。続ける話題を探してから、とっさに、

「バーベキューは終わったんですか？」

「はい、二次会には行かないので抜けてきました。バレエのお稽古《けいこ》があったので」

　右手には、いかにも習い事用といった感じの、幅の広いトートバッグを提《さ》げている。バレエとは縁が無いので何の想像も湧《わ》かないが、背の高い真冬には似合うという気がした。

　しかし、そんなことより――

　頭の中で、いよいよ警報音が鳴りはじめた。

　一日の中で同じ人間と何度も話すというのは、敵も味方も新たにつくらないことを信条に高校生活を送っている啓介にとって、かなりまずいことだ。今日、啓介はすでに真冬と校内で二回出会い、二回とも何らかの形で力を貸してしまっている。三度目は何が何でも避けなくてはいけない。

　しかし……会話をスタートさせてしまった以上、すぐに話を切り上げて逃げるというわけにもいかなかった。さすがにそれは、露骨すぎる。

　どうするか――視界の端に、笑いをかみ殺している友人の姿をとらえて、啓介は一つ妙案

を思いついた。

大地《だいち》は確か、二週間前に年上の吹奏楽部員と別れたあと、まだ彼女をつくっていないはずだ。真冬《まふゆ》のような美人を前にして、黙っているということはないだろう。きっといつものように一瞬で恋に落ちて、情熱に突き動かされるまま口説きにかかるに違いない。真冬にしても、啓介《けいすけ》と大地が並べば、きっと大地の方に強い興味を抱くはずだ。経験上、それは間違いないことのように思えた。

「あの、今からこいつと『ペンギン屋』に行くんですけど……よかったら白鳥《しらとり》さんも」

その時、大地が急に割り込んできた。

「いや、啓介悪いね!!　僕は今から予備校の自習室に行くことにしたよ!!」

「……は?」

確かにコイツは予備校に通っている。しかし、わざわざ自習室で参考書を広げるほど勉強に熱心ではないはずだ。第一、つい先ほどまで、ラーメン屋に寄ることに大いに気乗りしていたではないか。

「しかし、なるほどね。いつになく調子がいいわけだ」

大地は底意地の悪いにやけ顔でそんなことを言い残すと、通っている予備校とは反対方向であるはずの東口方面に向かって、さっさと歩いていってしまった。

「『ペンギン屋』……なんだか、おもしろそうですね」

そう嬉《うれ》しそうに話しかけてくる真冬を前にして、いまさら「行くのやめましょう」とは、さすがに言えなかった。

「ペンギン屋」は西口の路地裏にひっそりと佇《たたず》む店だが、そのコストパフォーマンスの高さから部活帰りの学生を中心に人気があり、夜は行列ができていることもある。しかし今日は運が良く、ちょうどカウンター席が二つ並んで空いていた。

真冬が先に店内に入っていこうとしたので、「あ、ここは食券制です」と声をかける。

「しょっけん、ですか?」

真冬は首をかしげた。そして券売機をぽかんと見つめている。

……どうやら、券売機の使い方が分からないらしい。

「……俺が操作します。何にしますか?」

おっとりとした物腰といい、世間知らずのお嬢様という印象だった。

しかし、だからこそ打算なく、一度に一クラス分のノートを運ぶといった無茶な仕事を引き受けてしまうのかもしれないと思った。

真冬は店の壁に表示されているメニューを一瞥《いちべつ》してから、「チャーシュー丼《どん》をお願いします」と言って、啓介に千円札を手渡した。

「ラーメンは苦手ですか?」

「いえ、ただ」真冬《まふゆ》はばつの悪そうな笑みで、自分の胸元を見る。「買ったばかりの服なので」

「ああ……」

確かに、おろしたての白い服で、汁の跳ねるラーメンを食べたくはないだろう。もっと気を遣うべきだったかと思ったが、まぁ、ついてきたのは彼女の方だ。

啓介《けいすけ》は券売機で「特製とんこつラーメン」と「チャーシュー丼《どん》」を一枚ずつ購入して席に座る。隣に真冬が腰かけると香水の甘い匂《にお》いがして、急に落ち着かない気分になった。考えてみれば、家族以外の異性と二人で食事に来るというのは、これが初めてだ。カウンター席の間隔は狭いので、足や腕がぶつかってしまわないよう気をつける。

それにしても——学校での清楚《せいそ》な印象のわりに私服が今風というか、洗練されている感じがした。姉がよく読んでいるファッション雑誌の今月号の表紙が、確かこんな格好だった気がする。

啓介は一刻も早く家に逃げ帰りたい気分だったが、さすがにずっと黙っているわけにもいかないと思った。

そうなると、結局話題は一つしかない。

「あの……」

「はい」

「三田村《みたむら》先生の反応は、どうでした？」

真冬の答えは、さほど予想外のものではなかった。彼女は申し訳なさそうに、視線をそらせて言う。

「……訊《き》きませんでした」

彼女の消え入りそうな声に、啓介は小さく頷《うなず》く。

一冊のノートの消失に関して、啓介は数時間前に一つの可能性を示した。しかし、実際の判断は当事者である真冬が行うべきだ。その彼女が「訊くのをやめた」のなら、それでいいと思う。これ以上、ノートが失《な》くなったことについて推理を並べ立てるのは、利害の及ばない安全な場所から事態を論評する悪趣味な批評家のやることだ。それは、対岸の火事を見て笑う野次馬にも似ている。

「でも」真冬は伏せていた顔を上げる。「私は、工藤《くどう》さんの推理を信用しなかったわけではないんです。とても筋道立った仮説だと思っています」

そういう気配りを、啓介はあまり嬉《うれ》しいとは思わない。教師に対して正面から抗議する、そのリスクを負えるほどには、信用できる推論ではなかった。そう正直に言ってもらって、構わないのに。

しかし真冬は、こんなことを言った。

「ただ、あの後……社会科職員室に向かう途中に、私、もやもやしてしまったんです」

「もやもや……ですか？」

どういうニュアンスなのか、ピンとこなかった。

真冬《まふゆ》は口ごもりながらも、その感覚を説明してくれた。

「お腹の中にすとんと落ちない、と言いますか……何かを見落としてしまっているような……そんな感覚です」

それはつまり……矛盾《むじゅん》点を見つけた、ということか。

複数ある仮説からどれを選び取るのかは、当事者である真冬が自身の責任において決めればいい。しかし、仮説そのものが論理的に破綻《はたん》していたとすれば、その仮説を提示した本人が責を問われるべきである。

「どこか、間違っていましたか？」

「間違っていた、というわけではないと思います。ただ……」

真冬は姿勢よく椅子《いす》に座っている。しかしその背中が、さらにぴんと伸びた気がした。

「工藤《くどう》さん。なぜ三田村《みたむら》先生は、あのようなことをしたのでしょう？」

言葉尻《ことばじり》だけを捉《とら》えれば、「なぜ自分がこんな目に遭わないといけないのか」と愚痴《ぐち》をこぼしているようにも聞こえる。しかし真冬の目の底には不条理を嘆《なげ》く暗い光はなく、三田村の本意を心底から知りたがっているように見えた。

「それはもちろん」啓介《けいすけ》は深く考えることもなく答える。「ノートを紛失した責任を、取りたくなかったからでしょう」

三田村の動機について、彼女が問いかけるのは二度目だ。

状況さえ整えば、人は他人に罪をなすりつけることを躊躇《ちゅうちょ》しない。そんな自明のことに、いったい真冬は何を「もやもや」しているのだろうか？

その時、店員の威勢の良いかけ声と共に、目の前にラーメンが置かれた。話の途中だったが、真冬が「せっかくですから、のびないうちに食べてください」と言うので、啓介は遠慮なく箸《はし》をつける。すぐに真冬のチャーシュー丼《どん》も来た。どんぶりいっぱいの白米に分厚い肉が三枚、そこにマヨネーズをぶっかけた陰の看板メニューを前にして、彼女は目を剝《む》いた。

「これは――エクセレントですね」

……チャーシュー丼を形容するに、エクセレントというのを啓介は初めて聞いた。真冬はバッグの中から赤い髪留めを取り出して、豊かな黒髪を一つにまとめる。あらわれた首筋の白さに、啓介は見てはいけないものを見てしまった気がして、用も無いのに壁のメニュー表を見た。

啓介は十分ほどでスープまで飲み干した。ちらりと真冬の方を見ると、けっこうな量のあるチャーシュー丼を、ほぼ同じタイミングできれいに食べ切っていた。意外にこってりとしたものが好きなのかもしれない。

「それで、先ほどの話の続きですが」

真冬は、紙ナプキンでそっと唇をぬぐう。その自然な所作が何となく、艶《つや》めいて見えた。

というか……仕草の一つ一つが、妙に色っぽい人だ。

私服になって眼鏡を外すと、女性らしさが五割増しぐらいに感じる。

もちろん、本人は意識していないのだろうが。

「実は私、工藤《くどう》さんに一つ、大事なことを話し忘れていたのです」

「というと？」

「三田村先生がノートを回収したのは、今日の四時間目でした」

啓介《けいすけ》は内心で首をひねる。

それが、特に重要な情報とは思わなかった。

釈然としない様子の啓介を見て、真冬《まふゆ》は続ける。

「工藤さん、想像してみてください。もし工藤さんが、人から預かったものを失《な》くしてしまったら、まずどうしますか？」

「それは、もちろん」ここでひねって考える必要はないだろう。「捜します」

「その通りです。実際、私は必死になって江田《えだ》さんのノートを捜しました」

そして口にした短い疑問は、単純だが、強力だった。

「では、なぜ三田村《みたむら》先生は、失くなってしまったノートを捜すことを早々に諦《あきら》めて、返却しようとしたのでしょうか？」

いまの真冬の話によると、今日、三田村は四時間目の授業中にノートを集めた。

さすがに昼休みだけでは採点できないだろうから、五時間目と六時間目の空き時間を使って内容をチェックし、評価とコメントをつけたのだろう。

そして放課後になり、通りすがりの真冬をつかまえて、ノートを返却しようとした……

確かに、おかしい。

生徒からの提出物を紛失してしまったとなれば、教師は血眼《ちまなこ》で捜すはずだ。夜の九時、十時まで粘《ねば》ってでも、見つけようとするはずである。ＰＴＡから目をつけられている三田村であれば、なおさらだ。死に物狂いになって一冊のノートを捜し回ったに違いない。

しかし、なぜ放課後になった時点で、消えたノート捜しをあっさり諦めたのか？

真冬を罠《わな》にはめるには、まだ彼女が帰宅していない早いうちに、ノートの束を渡す必要があったから――。

いや、違う。いくら何でも、早すぎる。四時間目が終わってから放課後まで三時間程度だ。この三時間の中で三田村は、提出された約四十冊のノートの内容を確認して評価をつけ、どこかのタイミングで江田のノートが無くなったことに気づき、必死に捜し回ったがいよいよ諦めて、責任逃れをするための卑劣な策を企て実行に移した……。

物理的に不可能ではない。

しかし、現実に人間が、取り得る行動だろうか？

真冬の善意につけ込んだこの小細工は、言うまでもなく、三田村自身もリスクを負う。もし露見したら、教師としてのキャリアが終わりかねない。江田のノートが無事見つかれば、それが一番良いのだ。三田村《みたむら》の立場に立ってみれば、まずは捜索に全力を傾けるはずである。

つまり、「三田村はノート紛失の責任を真冬《まふゆ》に押しつけようとした」という仮説は、人間の心理面で看過できない矛盾《むじゅん》をはらんでいる。

これが「もやもや」の正体か――理に適《かな》っていると啓介《けいすけ》は思った。

「なるほど……」啓介はうなった。「白鳥《しらとり》さんの、言う通りです」

修正案は、いくつか頭に浮かんだ。たとえば、三田村は江田《えだ》のノートを紛失したのではなく、コーヒーか何かをこぼして汚してしまった。だから返却できなかった。

これなら、先ほどの問題はクリアできる。ノートを汚したのであれば、時間をかけたところで事態は好転しない。

しかしやはり、取ってつけた感は否《いな》めなかった。生徒からの提出物を紛失したとなれば、それは教師にあるまじき不注意である。しかし、コーヒーや茶を重要な書類にこぼすぐらいは、軽微とは言わないが、誰でもやってしまう過失だ。責任を生徒になすりつけてまで、隠蔽《いんぺい》しようとするミスではないだろう。

真冬はどんぶりをカウンターに上げると、髪留めをほどいた。豊かな黒髪が波打つように揺れて広がる。

「これは、ちゃんと情報を整理して伝えなかった私のせいです。工藤《くどう》さんの推理は見事でした」

この件は明日、私が先生に謝って責任を取りますと真冬は言う。

「それで、いいんですか？」

「ええ」真冬は頷《うなず》いたあと、恐縮した声で続けた。「せっかく力を貸していただいたのに、申し訳ないのですが……」

啓介は「俺は別に……構わないですけど」と答えた。

推理が役に立たなかったことを、惜しいとは思わない。これで貸し借りは無くなるわけだから、むしろ好都合だと思った。助けたとか助けられたとか、そういう繫《つな》がりがえてして、距離を縮めるきっかけを作ってしまう。

だからこれでよかったのだと、啓介は内心で呟《つぶや》いた。


駅への道すがら、どこに住んでいるのかと啓介が尋ねると、真冬は「新高島《しんたかしま》です」と答えた。ずいぶん近い。詳しい場所を聞けば、日産《にっさん》本社の近くにあるタワーマンションの最上階だった。ここまで歩いて十分ほどだという。やはり、いいところのお嬢様のようだ。

「俺はＪＲです」

改札の前まで来て、啓介はスイカを取り出す。

「今日は、ありがとうございました」

真冬はそう言って、胸の前で小さく手を振る。同じ仕草を返すのは何だか照れたので、会釈で済ませた。

真冬《まふゆ》は北口方面に歩いていく。高いヒールの靴を履いているが、歩く姿は危なげなかった。慣れているのだろう。姿勢の良いすらりとした背中は、ゆっくりと遠ざかっていく。

消えた一冊のノートを通じて奇妙な縁はあったが、美人の先輩とネクラなジャナ研部員に、しょせん重なり合う部分があるはずもない。今日一日だけの、明日になれば見えなくなる薄くて細い縁だ。

ただ——振り返ってみると、つまらないだけの一日でもなかったなと思った。

×　×　×

家に帰ると、缶ビール片手にソファに寝ころんでいた啓介《けいすけ》の姉の絵里《えり》は犬のように鼻を鳴らして、「女か!」と叫んだ。彼女の奇行には慣れているが、今回は思い当たるところがあるだけに、無視してなるべく目を合わせないようにする。

「へえ、図星か」

絵里は意地悪く言った。

「ディオール……ううん……ペンハリガンのエレニシア！　きっと良いところのお嬢様ね」

百貨店の化粧品売り場でアルバイトをしているだけあって、絵里は香水に詳しい。さらに、嗅覚《きゆうかく》が化け物じみている。というか五感全般の鋭さが人間のそれではない。

「ねえ、誰？　教えなさいよ」

「関係ないだろ」

啓介はわざと邪険に言う。しかし、それを意に介するような絵里ではない。

「そういう子は、案外王道に弱いの。奇をてらわずに、綺麗《きれい》な生花を贈りなさい。背伸びして、ちょっと良いやつをね。見繕《みつくろ》ってあげようか？」

無視して冷蔵庫を開け、ポカリを取り出す。冗談でも応じたら、こいつは本当に、真っ赤な薔薇《ばら》の花束に数字が五ケタ並んだ領収書をくっつけて持ってくる。そういうやつだ。

しかし、ふと思う。絵里は三つ年上で、啓介と同じ海新《かいしん》高校の出身だ。つまり、絵里が三年生の時、真冬は新入生だった。

からかわれるのは業腹《ごうはら》だが、あえて訊《き》かない理由もないだろう。かたくなに隠すのも、真冬を変に意識しているようで嫌《いや》だった。

そもそも、やましいことは何も無いのだ。

「絵里」

「ん？」

「白鳥《しらとり》真冬って知ってるか？」

ふつう、二つ下の学年の生徒のことなど知らない。しかし、硬式テニス部と服飾研究会とESSを兼部し、生徒会長まで務めた絵里の交友関係はちょっと普通では計れないところがある。さらに絵里《えり》は、記憶力が抜群に良い。接客した相手の顔と趣味は忘れないと豪語していた。

「学年は？」

「俺の、一つ上」

絵里はにやりと笑う。

「何度か見たことあるけど、まぁ、美人よね。ちょっとそのあたりにはいないレベルの」

実の弟の自分が言うのもなんだが、絵里の見た目もそう悪くない。百貨店の売り場では看板娘を自任している。その絵里が手放しに褒《ほ》めるのだから、確かに白鳥真冬《しらとりまふゆ》の器量は群を抜いているのかもしれないと、啓介《けいすけ》はいまさら思った。

「……俺はべつに」

「照れなくてもいいじゃない」

絵里はおかしそうに目を細める。そして、急に真面目くさった口調で、

「ただ、さすがにちょっと、白鳥家のご令嬢は手強《てごわ》いわね。これは戦略が必要よ」

「ご令嬢？」

やはり、お嬢様なのだろうか。そんな雰囲気は随所で見受けられたが。

「あら、知らなかったの？」

絵里は意外そうに言う。

「白鳥源十郎《げんじゅうろう》って知ってるでしょう？　二つ前の官房長官で」

「名前ぐらいは」

「その人の、お孫さん」

「……！」

「確かお父さんも、有名な議員さんだったと思う」

とんでもない人をラーメン屋に誘ってしまったらしい。

というより、そんな大それた家系のお嬢様が身近にいたことが驚きだった。

「じゃあ、アンタもしかして、真冬ちゃんがモデルっていうことも知らないの？」

「……知らない」

絵里はため息をついた。

「『フェロウ』とかティーンズ系では、かなり有名なコよ。今は活動休止してるみたいだけど」

確かに私服姿はあか抜けていたし、眼鏡を外した目つきには妙な艶《つや》っぽさもあった。

それにしても、モデルとは。

「しかし、お嬢様でモデルっていうと、すごいな」啓介は感嘆した。「非の打ちどころがない」

「そうね。ただ、ちょっとパーフェクトすぎて、男子はもちろんだけど、同級生の女の子や先生たちもかなり気を遣ってたみたい」

まぁ、それはそうだろう。有り体に言えば、「身分が違う」のだから。

「校則で、生徒全員が部活か委員会に入らないとダメ、ってやつあるじゃない?」

「ああ」

「そのコだけ免除だったらしいの。いろいろ習い事があるからって」

「……そんなことできるのか?」

「なんでも、そのコのお父さんと教頭先生が懇意《こんい》の仲で、二人で話し合って決めたんだって。本人は最初写真部に入ってたんだけど、やっぱり馴染《なじ》めなくて、すぐやめちゃったみたい」

ずいぶん無神経なことをするなと、啓介《けいすけ》は内心で呟《つぶや》いた。

そんなことをしたら、周囲は真冬《まふゆ》をますます「特別な人」と見て、遠巻きにするに決まっているのに。

「だから、あんな美人なのに恋人はもちろん、気軽に話せる友達もいなかったみたい。一人だけすごい仲の良いコがいたらしいけど、私が校内で見かけた時は、いつも一人だったわね」

……だから、啓介がノート運びの手助けを申し出た時、あんなに驚いていたのか。

普段、彼女は周囲から気軽に話しかけられることが、ほとんど無いのだろう。

そんなことを考えていたら、絵里《えり》にいきなりビールの空き缶をぶん投げられた。側頭部にヒットして床に転がったので、仕方なく拾い、ごみ箱に放り込む。

「……なんだよ」

「アンタ、いま、ラッキーって思ったでしょう? 他に仲の良い友達いないみたいだし、俺にもチャンスあるかなー的な」

「アホか」

「欲情しても、力ずくで押し倒しちゃダメよ？」

「するか」

リビングから出ていこうとしたところで、「啓介」と呼び止められた。

振り返ると、酔っ払いのとろんとした目の中に、ほんの一瞬、鋭く剣呑《けんのん》な光がよぎるのを見た気がした。

「ところでアンタ、知り合いなのは白鳥《しらとり》真冬だけ？」

質問の意図が、よく分からなかった。

「というと？」

「あのコに、他のモデル仲間とか紹介されてないかってこと」

啓介は首を横に振った。

「いや」

ふーんと、絵里は自分から訊《き》いておきながら、すでに興味を失《な》くしたような様子だった。

「まっ、それならいいわ」

絵里はただの飲んだくれの顔に戻ると、自分の方が冷蔵庫の近くにいるにもかかわらず、

「ビールおかわり持ってきてー！」と子供のように叫んだ。

部屋に戻り、エナメルのショルダーバッグを放り投げると、啓介《けいすけ》は仰向《あおむ》けでベッドに深く沈み込んだ。

白い天井を見るとも無しに見つめながら、啓介は頭の中を整理する。

まず自分には、消えたノートの行方を追わなければいけない義理や責任など無いのだ。むろん、真冬《まふゆ》と一緒にノートを運んだ以上、全くの無関係とは言い切れない。しかし逆に言えば、それだけだ。必要ないことに首を突っ込んで苦労するのは、正直、避けたいところだった。

ゆっくり、瞼《まぶた》を閉じる。

そして、今日一日の、白鳥《しらとり》真冬との場面を思い返してみた。

職員室前の廊下にはあれほど大勢の三年生がいたにもかかわらず、ノートの山を抱えていた真冬に、誰も手を差し伸べなかった。

ノートを一時間も捜し回っていた真冬に、誰も事情を尋ねて手伝おうとしなかった。

そして、違和感が一つ。

なぜ真冬は、クラスの打ち上げでバーベキューに行ったはずの夜に、真新しい白のニットを着て横浜《よこはま》にいたのか？

……ラーメン屋で、汁が飛ぶのを懸念してチャーシュー丼《どん》のみを注文した真冬だ。バーベキューに行くなら、普通あんな服は着ない。それに、あのチャーシュー丼はけっこうな量がある。バーベキューに行ったあとに完食するのは、男でもきつい。

おそらく真冬は、バーベキューに行かなかった。誘われたけれど行かなかったのか、あるいは最初から誘われていないか、どちらかは分からないが。

そもそも、だ。鍵《かぎ》を取りに行っている間ノートを見ていてほしいと、真冬が周囲の誰かに声をかけてしまったら、三田村《みたむら》のもくろみは不完全に終わってしまう。三田村は、真冬にはそんなことができないと——つまり気軽に手伝いを頼めるような人間が同学年にいないことを知っていたのではないか。


——真冬は、その孤独を利用されたのだ——


真冬は、三田村から仕事を頼まれて嬉《うれ》しかったに違いない。きっと舞い上がった。普段は誰かを助けることも、助けられることもない。部活や委員会活動すらも免除されている真冬である。ノート運びを言いつけられて、やっと他の生徒と同じように、対等に見てもらえたのだと、喜んで引き受けたはずだ。

だからこそ真冬は、仕事を完遂するため——教師からの信頼に報いるため、消えたノートを必死になって捜し続けた。

……最初から一冊、足りなかったとは知らずに。

それは不思議な感覚だった。罠《わな》に嵌《は》められたのは白鳥真冬《しらとりまふゆ》という、赤の他人である。しかし明日の朝、真冬が三田村《みたむら》や江田《えだ》という生徒の前で、泣きそうな顔で謝っている場面を思い浮かべると、ひどくやるせない、胸の苦しさを覚えた。

× × ×

三田村は朝七時にはもう職員室のパソコンの前に座り、業務をしていた。他に教師の姿は無い。やはり彼は真面目な教師なのだ。

しかし、真面目であることが常に、人を不正から遠ざけるとは限らない。真面目さは、道から外れることへの恐怖心を生む。そして恐怖心はしばしば、倫理観と冷静な判断力を人から奪う。

「三田村先生」

啓介《けいすけ》は後ろから話しかける。銀縁の眼鏡の男は、キャスター付きの椅子《いす》ごと身体《からだ》をこちらに向けて振り返った。

「君は確か二年の……」

「工藤《くどう》です、A組の」

「ああ……」三田村は頷《うなず》いてから、壁の時計を見た。「ずいぶん早いな」

「ええ、ちょっと聞きたいことがありまして」

「そうか」

こんなに朝早くから感心だ、という反応ではないが、億劫《おっくう》そうでもない。教師としての役割を、淡々と果たそうとしているように見えた。

「昨日、三年生の白鳥先輩がノートの束を抱えて歩いているのを見かけて、ちょっと手伝ったんです。でも教室に運び終えたら、冊数が足りなくて」

三田村の目に微《かす》かな怯《おび》えの色がのぞくのを、啓介は見逃さなかった。

「三年C組の江田さんのノート、もしかして、返し忘れていませんか?」

むかし啓介は、推理で人を追い詰めることを得意とした。

真実を告発することに、一種快感すら覚えた。

しかし、今はもう違う。素直に江田のノートを返してくれるなら、それが一番良かった。

「いや。白鳥に渡す前に、ノートの数は確認したはずだ。どこかに落としたんじゃないのか?」

三田村はとぼけた。視線を落ち着きなく左右に動かしている。

「通った場所を何度も捜したので、それは無いと思います」

「そう言われてもな」

三田村は苦笑のような表情を浮かべる。しらじらしいやつだと啓介は思った。

推理で徐々に外堀を埋めていくようなやり方は、もうしない。

相手の急所を突く、その正確な一矢さえ放つことができれば、事は済むのだから。

「先生、これは世界史の質問なんですけど」

「なんだ急に?」

「無敵艦隊を率いてオスマン帝国に勝利したのは、フェリペI世でしたっけ? それともII世でしたっけ?」

三田村《みたむら》は言葉に詰まる。

その表情は、死人のように青ざめていた。

×　　×　　×

放課後の部室。啓介《けいすけ》がノートパソコンを睨《にら》んで一人黙々と原稿を書いていると、ドアが開いた。どうせ大地《だいち》あたりが冷やかしに来たのだろうと思って、顔も上げずに作業を続けていると、「お邪魔でしたか?」と女性の声で尋ねられた。

見上げると、真冬《まふゆ》だった。

「いや、べつに……」

口ごもりながら、啓介は内心で驚いた。まさか、直接部室を訪ねてくるとは思わなかった。

今は制服姿で眼鏡をかけているからだろうか、昨夜感じた妙な色気は抑えられている。とはいっても、すらりとした長身や整った顔の造作が変わるわけでもなく、いきなり部室に押しかけられて、正直、啓介はどぎまぎしてしまった。

「朝来たら、江田《えだ》さんのノートが机の上に置いてありました。工藤《くどう》さんですよね？」

まるでサンタクロースの正体を確かめる子供のような、不思議でたまらないといった口調だった。

「一体、どこで見つけたんですか？」

真冬の声は上ずっている。啓介に礼を言いに来たというより、どうやって江田のノートを回収したのか、純粋にその理由を知りたがっているようだった。

「……まぁ、いいじゃないですか。無事、見つかったんですから」

啓介は再びノートパソコンのキーを叩《たた》き始める。確かに今回、真冬を助けはしたが、そのことで貸しを作るつもりはさらさらなかった。

むしろ、彼女との距離がこれ以上縮まってしまうのは、断固として阻止しなければいけない。へたに事情を説明して「恩人です！」なんていうことになったら、目も当てられないと思った。

しかし真冬は、諦《あきら》めなかった。まるで住処《すみか》をここと決めた猫のように、じっと身じろぎ一つせず、まっすぐに啓介を見つめて答えを待っていた。

「ずるいです」

「……」

「あんまりです」

「……」

「それを教えていただけないと……いつまで経《た》っても、〝もやもや〟が晴れません」

「……」

啓介《けいすけ》は諦《あきら》めて、ノートパソコンを閉じた。

いつまでも付きまとわれるぐらいだったら、さっさと説明してしまった方がいい。

それに考えてみれば、これはもともと、真冬《まふゆ》の問題だ。解決だけして説明をしないというのは、少し不親切かもしれない。

「三田村《みたむら》先生から、返してもらいました」

真冬は首をひねる。

「やはり三田村先生は江田《えだ》さんのノートを紛失していて、それが今しがた見つかった……ということでしょうか?」

「話すと長くなるんですが……」

啓介は立ち上がって、部室の隅に寄せてある椅子《いす》を一脚持ってきた。そして二人分のインスタントコーヒーをいれる。真冬は「ありがとうございます」と頭を下げてマグカップをとった。

「昨日家に帰ったあと、あらためて状況を整理してみました。消えたノートをXと置きましょう。ここで考えられる可能性は四つです」

仮説A。Xはそもそも回収されていなかった。

仮説B。Xは五時間目の終了後、三年C組の教室から社会科職員室に運ぶ途中で失われた。

仮説C。Xは職員室の中で失われた。

仮説D。Xは放課後、社会科職員室から三年C組の教室に運ぶ途中に失われた。

啓介は情報を整理しながら、真冬に四つの仮説を順番に説明した。

「三田村先生は、ノートを白鳥《しらとり》さんに渡す前に『冊数を確認した』と言いました。つまり、職員室から廊下にノートが運ばれる段階では、Xは失われていなかったことになります。そうなると、仮説Aから仮説Cまでは不成立になる。残るは仮説D。つまり、俺と白鳥さんがノートの束を運んでいる最中に、Xは消えたことになる。普通に考えれば、ノートを一冊どこかに落とした、ということでしょうね」

実際、真冬はその可能性を考慮して一時間近く校内を捜し回った。

「しかし、俺たちはノートを落としていません。これは断言できます。A4判のノートを床に落として、二人のうちどちらも気づかないということはないでしょう。それに、白鳥さんが職員室に鍵《かぎ》を取りに戻っている間は、俺がノートの束を見ていました。つまり、仮説Dもありえない。こうなると、先生の証言を疑わざるをえなくなる。すなわち、先生はXが失《な》くなっていることを知りつつ、白鳥さんにノートの束を渡したのではないか？　ということです」

単純な背理法である。

ここまでは、昨日のおさらいだ。

「では、なぜ三田村《みたむら》先生はそんなことをしたのか？　俺は最初、先生がXを紛失したからだと単純に思っていました。しかし、白鳥《しらとり》さんに指摘された通り、それにしてはXを捜していた時間があまりに短い。ノートを回収してから返却するまでわずか三時間です。四十冊近いノートの内容を確認して評価をつける時間を差し引けば、Xを捜す時間はほとんど無かったはずだと言えます」

真冬《まふゆ》は深く頷《うなず》いた。彼女は真剣な面持ちで、視線をまっすぐに啓介《けいすけ》に向けている。

「そこで、俺は考え方を変えました。三田村先生はXを紛失したのではない。盗んだ、あるいは一時的に隠したのではないかと。まぁ、ここではほとんど同義なので、仮に盗んだとしておきましょうか」

盗んだ、という単語が出てきた瞬間、真冬の顔色が変わった。澄んだ琥珀《こはく》の瞳《ひとみ》に、憐《あわ》れみとも悲しみともとれない色が滲《にじ》む。

「では、なぜ教師が生徒のノートを盗む必要があるのか？　一般論を言っても仕方無いので、今回の場合に即して言い換えましょう。なぜ三田村先生は、Xを盗む必要があったのか？」

啓介はそう前置きして、まず検証すべき命題をはっきりさせた。

「今回、Xに金品としての価値はありません。ならば、Xの存在は先生にとって不都合だったたから、と考えるのが妥当です。ここでXの特徴を確認しましょう。Xは量販店で販売されているキャンパスノートです。内容についても、同じ教室で同じ教師から授業を受けている以上、他の生徒と大きな違いはないでしょう。しかし、ただひとつ、他のノートとは異なっている点がありました」

「……読み仮名、ですね」

啓介は頷いた。

Xの持ち主である江田《えだ》アリスは、スコットランドからの帰国子女だ。日本語は、辛《かろ》うじて平仮名を読めるというレベルだった。だからノートに書く漢字や記号には、常に仮名をふっていた。

「ふり仮名がある。これがXと、X以外のノートとの大きな差です。では、漢字や記号に仮名がふられていると、三田村先生にはどんな不都合があるのか。ここには俺も悩みました」

中庭を挟んで反対側にあるC棟から、愛の尊さを謳《うた》いあげる高らかな響きが聞こえてきた。音楽室で練習に励んでいる混成合唱部の歌声だ。公演が近いらしく、以前よりもメロディに熱っぽさが込められている。

「もしかして、なのですが」真冬は不安そうに呟《つぶや》く。仮説に自信が無いというより、そんなことがあってほしくないというニュアンスで、

「三田村先生は、私たちのクラスのノートを、修正しようとしたのでしょうか？」

「それで、間違いないと思います」

正確には、「修正」ではなく「改ざん」と言うべき行為だが。

啓介《けいすけ》が肯定すると、真冬《まふゆ》は「そうですか……」とうつむいた。

「先生は、三年C組の授業で間違った内容を教えてしまった。そのことに、後から気づいたのでしょう。しかもそれを、板書として残してしまった。動かぬ証拠が、三年C組全員のノートに刻まれてしまったことになる」

「でも、次の授業の時に訂正すれば……」

「ええ、普通はそうします。しかし三田村《みたむら》先生は、過去に何度も同様のミスを繰り返していました」

真冬は、「あっ……」と言葉を漏《も》らす。

「三田村先生は非常勤講師です。立場は弱い。評価が下がれば、来期は契約が更新されないかもしれません。しかし黙っていたら、間違って板書した箇所がテストに出題された場合、それこそ目も当てられない事態になります」

普通テストは、正規雇用の教師が中心になって作成する。「ここは出題しない方がいいです」なんて下手に横から口を出したら、それが呼び水になって、やはり自分のミスが発覚しかねない。

八方ふさがりの、小心者の三田村にとってみれば悪夢のような状況だっただろう。

「だから三田村先生は、生徒のノートを改ざんすることにした。表向きはノートチェックを装って、三年C組全員のノートを回収した。皮肉ですが、三田村先生の授業を真面目に聞いている三年生の生徒は少なかったので、記述さえ書き換えてしまえばバレないと高《たか》を括《くく》ったのでしょう。以上のことから、三田村先生が間違えて教えてしまった箇所について、二つの仮説が立ちます」

ひとつ、と啓介は人さし指を上げる。

「先生が授業で間違えてしまったのは、高確率で次のテストに出題される箇所だった。そうでなければリスクを冒さず、黙っていたはずです」

真冬が頷《うなず》くのを待って、啓介は中指を上げる。

「ふたつ。テストに出題されるような重要な箇所であれば、ちょっと気の利いた生徒なら色ペンで書くはずです。実際、白鳥《しらとり》さんはそうしていました。色ペンの文字は簡単には消せないから、基本的に書き換えは困難です」

窓の外から聞こえてくる混声合唱は、徐々に盛り上がりを増している。どこかで聞いたことのある旋律だったが、曲名は思い出せなかった。

「しかし、先生はそれを承知でノートを回収した。つまり、たとえ色ペンで書かれていても、改ざんできるような箇所だった。たとえば『Ⅰ世』から『Ⅱ世』、あるいは『１９３５年』から『１９８５年』のように。これなら、線を一本付け足すだけの加筆で済む。しかし、江田《えだ》さんのノートだけは、それができなかった」

「……仮名がふられていたから、ですね」

ふり仮名も色つきのペンで書かれていた場合、修正テープ等を使わなければ、書き換えることは困難だ。

「三田村《みたむら》先生は、Xを江田《えだ》さんに返却するわけにはいかなかった。だから盗んだ。そしてその責任を、白鳥《しらとり》さんに押しつけることを思いついた。白鳥さんを選んだのは、助けを求められるような友人が……」

そこまで口にして、あ、と思った。

ひやりと、冷たい手で背中を撫《な》でられたような感覚を覚える。

——また、だ。

謎《なぞ》を解き明かすことばかりに気をとられ、足下で他人の心を踏みつけていることにも気づかない。

中学の時と、同じ轍《てつ》を踏んでしまった。

脳裏に、自分の手で深く傷つけてしまったかつての友人の顔が浮かぶ。

しかし動揺して固まってしまった啓介《けいすけ》の、途切れた言葉の先を引き受けたのは、真冬《まふゆ》だった。

「私が同学年に、頼ることのできる友人がいないからですね」

真冬は平然と言う。

固まってしまった啓介に、彼女は小さく頷《うなず》いて先を促《うなが》した。

「気にしないでください、事実ですから——どうぞ、先を」

「ええ……」啓介は、動揺する心を無理矢理落ち着けて続けた。

「そんな仮説を立てて、俺は朝のうちに三年C組に行きました。失礼を承知で、机の上に置いてあったノートを数人分見せてもらいました」

合唱部員の歌声が、サビに差しかかったところでふいに止まる。その代わりに、おそらくは顧問だろう、厳しい叱咤《しった》の声が聞こえてきた。

「高確率でテストに出題されて、色ペンで書かれていても修正が容易。その二つの条件を満たす単語や年号は多くありませんでした」

加えて、まだ進級してから二週間も経《た》っていない。世界史の授業は、多くても六回か七回といったところだろう。そして学年が変われば、多くの生徒は新しいノートを使う。実際、今朝に三年C組で確認したノートは、どれも数ページしか使われていなかった。その程度の範囲であれば、特定は難しくない。

真冬は鞄《かばん》の中から、自身の世界史のノートを取り出した。内容を一瞥《いちべつ》して確認しながら、めくっていく。

一分ほどで、真冬の手が止まった。

「ここですね……言われてみれば確かに、最初は『Ⅰ』だったものを、『Ⅱ』に修正したように見えます」

真冬《まふゆ》はノートを開いた状態で机の上に置いた。どの文字もとても綺麗《きれい》なのに、真冬の細い指がさした「Ⅱ」だけやけにバランスが悪く、右に寄っている。赤いペンで書かれているのだが、色の濃さが左右の縦棒で微妙に違っていた。

それは、かつてスペインの黄金期に君臨していた、偉大なる君主の名だった。

真冬はまだ茫然《ぼうぜん》とした表情で、その不格好な文字を見つめている。教師に裏切られたという事実を、理解はできても認められないでいるのかもしれない。その純朴な優しさを「世間知らず」と揶揄《やゆ》するのは、さすがに可哀《かわい》そうだと思った。

だから啓介《けいすけ》は、こう言った。

「真実なんて、分かってみればこんなもんです……綺麗なものじゃない」

× × ×

住んでいる場所は反対方向だが、啓介も真冬も電車通学だ。

駅までの道すがら、真冬は手放しに啓介を褒《ほ》めた。

「工藤《くどう》さんの洞察力と推理力には、本当に驚かされました。さすがは『波のこえ』の記者さんですね」

「いえ」啓介は苦笑して、謙遜《けんそん》ではなく首を横に振った。

「最初に急所を見つけたのは白鳥《しらとり》さんです」

もし三田村《みたむら》がノートを紛失したのであれば、たったの三時間で捜すのを諦《あきら》めるはずない――心理面での矛盾《むじゅん》を見抜いたのは、「もやもや」した真冬の手柄だ。

「もやもや……すごいですね」

啓介が褒め返すと、真冬は照れるような表情になる。

「あの感覚は、私自身もよく分かりません。違和感の正体が分からないまま、でも『何か違う』ということだけが分かるのです。強いていえば、そうですね――」

真冬は夕焼けの空を視線でなぞった。

「完成したジグソーパズルの絵柄に、ほんのわずかな隙間《すきま》を見つけてしまったような――あるいは、絵柄は隙間無く埋まっているのに、余った一ピースを拾ってしまったような――そんな感覚です」

啓介は正直、聞いてもよく分からなかった。

ただ、おそらくその感覚は、真冬の天性のものなのだろう。

仮説の検証というステップを一足飛びに越して、一気に結論近くまでたどり着いてしまう……有り体に言ってしまえば、「すさまじく勘が良い」ということだ。

証拠を集め、論理を手繰《たぐ》って一歩ずつ事実を解き明かしていく啓介《けいすけ》の推理とは、真逆のアプローチである。

「でも、工藤《くどう》さんほど鋭い人であれば、以前のような『波のこえ』を書くことも、できるのではないですか？」

彼女の表情には、はっきりと期待の色が滲《にじ》んでいた。

真冬《まふゆ》は昨日、啓介の書いた記事を「文才がある」と評した。その感想が嘘《うそ》だったとは言わない。しかし内心では、従来の紙面にあった反骨心――世間の常識や教師の指導に盲従することをよしとせず、生徒自身が考え真実を探す独立独歩の気風が失われていくことを、惜しむ気持ちがあったのだろう。

「俺には、無理です」

啓介はうつむいて言った。

「さっきの俺の、無神経な言葉、聞きましたよね？　あれが俺の本質です」

啓介は自嘲《じちょう》するつもりも、自虐するつもりもなかった。それはただの、事実だからだ。

「報道に必要な、苦境に立つ人の心に寄り添うまなざしが、俺には決定的に欠けています」

『波のこえ』を、その紙名だけではなく意志も継いでいきたいと思うのは、啓介も同じだ。

しかし中学時代の新聞部での失敗から、どうしても恐怖心が先立つ。

教師や世間と違う向きのことを言うのが怖いというわけではない。的外れなことを書いて批判されるのが怖いというわけでもない。ただ、真実を知ろうとする無邪気な好奇心は、しばしば悪意にも比することを、思わずにはいられないのだ。

「そうですか——工藤さんが、そうおっしゃるなら」

そう頷《うなず》いた声に、落胆の響きは無かった。

「では今回の一件も、記事にはしないのですね」

「ええ、やめておきます」

昔の啓介なら、紙面で三田村《みたむら》を徹底的に叩《たた》いただろうが。

「ただ……違うかたちでは書こうと思っています」

真冬はきょとんとする。

「それは……どのようなかたち、ですか？」

「今回の一件の責任は、三田村先生にあります。同情の余地はありません」

一人の生徒の孤独と善意につけ込み、卑劣な責任逃れを働いた。懲戒《ちょうかい》処分になっても文句は言えないだろう。

「ただ、もし仮に——クラスの大半が真面目に授業を受けていたら、一人ぐらいは三田村先生の板書のミスに気づいたんじゃないでしょうか？　そうであれば、こんな事態にはならなかった。だから、授業中に漫画を読んだりゲームをやったりするのはいかがなものかと……まあ、ちょっと説教くさい記事になってしまいますが」

駅について、改札に入る。

乗る電車の方向が違うから、ここで別れることになる。また明日から、お互いの〝孤独〟に戻っていくのだ。

年上の美人との縁を、惜しむ気持ちが一切無いとは言わない。この人は確かに、魅力がある。しかし、だからこそ、警戒しなければならない。いったん気を許したら、本当にあっという間に懐《ふところ》に入られてしまう気がした。

「それじゃあ、ここで」

そう言って会釈したが、真冬《まふゆ》は動かなかった。返事もない。

「……あの、白鳥《しらとり》さん?」

真冬は茫然《ぼうぜん》と立ちすくみ、まじまじと啓介《けいすけ》を見ていた。なにか変なことを言っただろうかと不安になる。

そして、メタルフレームの眼鏡の奥で、琥珀《こはく》色の瞳《ひとみ》がゆらめいた。

「ええ、そうです」

彼女は、なぜそんなことに気づかなかったのだろうというような声で、続けた。

「なにも過去に縛られる必要はないのです。私たちが、新しい『波のこえ』をつくっていけば!」

「わ、わたしたち?」

真冬は、まるでとびきりの悪戯《いたずら》を思いついた女の子のような表情で、上目遣いに啓介を見た。

「私、以前に撮影関係のアルバイトをやっていました。だからカメラのことは、ちょっとだけ分かります。カメラマン、必要なんですよね？　それに、エッセイとかも書いてみたいです！　インタビューもやります！」

「いや、ちょっと……」啓介は情けないほどにうろたえた。そして、とっさに口から出たのが、

「実はいま新入部員の募集を停止していて……」

「でも、『波のこえ』最新号の、編集後記に書いてありましたよ？」

真冬はおかしそうに続ける。

「新入部員を、大々的に募集していると」

「あ……」

その瞬間、啓介はバングラデシュにいる水村零時《みずむられいじ》に、全身全霊で呪《のろ》いを送った。

「それとも、訂正記事を出しますか？」

「……」

ぐうの音も出ないとは、このことだ。

もしかして水村は、こうなることを予測してあの一文を書いたのではないかとすら思ってしまう。

「ふつつかものですが、明日から、よろしくお願いします」

真冬は、最初に会った時よりも少しくだけた優しい笑みを浮かべて、頭を下げる。

まさか、昨日彼女とぶつかったばかりに、こんな顛末《てんまつ》になろうとは……。
啓介《けいすけ》は、勘弁してくれと心の中で叫んで、駅舎の天井を仰いだ。

第2話
聞こえない声を聞かせて

啓介《けいすけ》の家は、ＪＲ根岸線磯子《ねぎしせんいそご》駅から歩いて十五分ほどの場所にある。両親ともに自営業で、より具体的に言えば、父方の先祖より受け継いだ古い寺院を経営していた。その名を六道寺《ろくどうじ》という。古刹《こさつ》というほど由緒正しいわけではないが、一応三百年ほどの歴史はあるらしい。江戸時代の中期にこのあたりで大規模な飢饉《ききん》があって、亡くなった大勢の人たちを供養するために藩によって建てられたというのが大まかな来歴である。

以来、廃仏毀釈《はいぶつきしやく》の際はお上に目をつけられる前にお稲荷《いなり》さんを置いて「うちは神様も祀《まつ》ってるんで」と言い抜け、バブル期には横浜《よこはま》の方に持っていたいくつかの土地を絶好のタイミングで手放し、近年の檀家《だんか》減少にはペット供養・人形供養による新規顧客の獲得や風光明媚《ふうこうめいび》な境内を観光地化するなどして対策を講じている。要するに節操が無いのだ。「六道さんはえらい商売上手どすなぁ」と京都にある総本山のお偉方からはずいぶん皮肉を言われているらしいが、当の住職――すなわち啓介の父はどこ吹く風で、つい先日愛車をクラウンからアウディのＡ７に買い替えた。

それでいて地元の人たちからの支持が厚いのは、死者の眠る場所を守るという寺院の本分を決して忘れないからだろう。横浜界隈《かいわい》のホームレスの人たちが眠る無縁仏の前には、いつ見てもみずみずしい菊の花が揺れていることを、地元の人たちは知っている。

春先の、まだ肌寒さが残る日のこと。啓介は朝から拝観受付に立っていた。

拝観料五百円という強気な値段設定でも参拝客がそれなりに来るのは、お稲荷様のおかげというわけではなく、テレビのローカル番組でたまに取り上げられるからだろう。参道沿いには母が取り仕切る洒落《しゃれ》たカフェがあって、手作りのチーズケーキが近隣の主婦たちにそこそこ評判を呼んでいるらしい。また本堂前の池には二年前から可愛《かわい》らしい鴨《かも》の親子が棲《す》んでいる。それらが五百円に報いるかどうかは分からないが、休日の散歩には悪くない場所なのかもしれない。境内はわりと広く、隅から隅までゆっくり歩けば三十分は潰《つぶ》せる。キャンバスを持ちこんで風景画を描いている人や、子供を遊ばせている若い夫婦もいる。その様子を、仲良く並んだお稲荷様とお地蔵様が目を細めて見守っている。

仕事は極めて楽だった。なにせ拝観料がおとな五百円、こども無料である、釣りの計算に頭を使う必要が無い。ぼうっとしていると、見覚えのあるにやけ顔が「おとな千九百七十六人分」と言ってきた。

「九十八万八千円になります」

「なんや、アホみたいな顔しとったわりに、計算早いやん」

京本良太郎《きょうもとりょうたろう》は、今日も相棒のエレキギターを背中に担《かつ》いでいる。高校に入って脱色した派手な長髪は徐々に見慣れてきた。中学の時のショッキングピンクに比べれば、まだ目に優しい。

「軽音部の練習はいいのか？」

啓介の記憶だと、土曜日の午前中は軽音部の練習時間だった。

「ボクは実戦派や。お客さんの前やないと、やる気でぇへん」

良太郎《りょうたろう》は軽音部の看板ギタリストであり、ボーカリストだ。演奏技術の高さは中学時代から有名で、路上ライブをすれば常に人だかりができるほどだった。音楽事務所からスカウトを受けたこともあるという。啓介《けいすけ》は音楽に明るくないが、良太郎の演奏を聴けば、その才能が並ではないことは理解できた。また、絵画や文芸、映画にもやたら詳しく、ルールに縛られないことを信条としており、ヒッピーの生き残りを自任している。小学校一年生の時に大阪から横浜《よこはま》に引っ越してきて、実は標準語も使えるのだが、「関東では逆にモテる」という単純明快な理由で関西弁を使い続けている阿呆《あほ》だ。

「やぁ啓介。その後、調子はどうだい？」

良太郎の背後から、上背のある男が手を上げて歩いてきた。爽《さわ》やかな笑顔とすらりと長い手足に、細身のネイビーのジャケットが嫌味《いやみ》なほど似合う。これでスポーツ万能なのだから、そりゃあモテるとあらためて納得した。

大地《だいち》と良太郎。芸術とスポーツそれぞれのベクトルに突き抜けたこの天才コンビと、さえないジャナ研部員である啓介が昔からつるんでいるのは、それなりの理由がある。

「何の調子だ？」

啓介はとぼけた。大地は大仰《おおぎょう》な仕草で肩をすくめる。

「ごまかすなんてひどいな。この前は、せっかく気を利かせたのに」

「そや、その話を聞きにきたんや。あの人、モデルの白鳥真冬《しらとりまふゆ》やろ？　中庭で見かけた時はぶったまげたわ」

さすがは情報通の良太郎だった。一目見ただけで氏名まで分かるらしい。

「でも啓介が、僕や良太郎以外と親しそうに話すなんて、一体どういう風の吹き回しだい？」

「まぁ、美人は別枠ってことやろ。コイツも男の子や」

冷やかしにきたことは明らかだった。

忙しいから帰れ、と言いかけたところで、啓介は思い直した。

良太郎は、学校の内外問わず非常に顔が広い。中学時代、啓介が書いた記事の大半は、良太郎がどこからか拾ってきたネタをベースにしていた。

こいつなら、以前に絵里《えり》が仄《ほの》めかしていたことについて、何か知っているかもしれない。

啓介は「ただいま不在」の札を受付に掛けた。そして、拝観料は奥のさい銭箱の方に入れてくれという旨の張り紙をする。誰もが正直に五百円をさい銭箱に投げ込むとは限らないが、休日に寺を訪れるような人たちである、それなりに信心深いのだろう。

「茶ぐらい出す。せっかくだから、母屋の方に上がってけ」

大地と良太郎は顔を見合わせて、急に愛想が良くなって気味悪いというようなことを呟《つぶや》いた。

奥の和室に通して、啓介は二人に座布団を投げた。言った手前、茶も淹《い》れる。

「そこの饅頭《まんじゅう》、食ってもいいぞ」

「おっ、うまそうやん」

「外の無縁仏に供えてあったやつだ。腐らせるのも惜しいからな」

もちろん冗談だが、良太郎《りょうたろう》はげっそりとした顔をした。それでも口の中に放り込むのだから、大した食い意地だと思う。

めいめい畳の上に腰を下ろすと、さっそく好き勝手言い始めた。

「しかしまぁ、啓介《けいすけ》があんな美人とね。羨《うらや》ましい限りだよ。沼田《ぬまた》中のみんなが聞いたら、きっと腰を抜かす」

「こないなチャンス、もう二度とあらへんぞ？　ぼやぼやしとったらあかんで？」

真冬《まふゆ》の容姿が整っていることは認める。しかし同じジャナ研に所属しているというだけで、セットで語られるような間柄ではないのだ。

そのことを啓介が言うと、大地《だいち》は呆《あき》れるように両肩をすくめた。

「だったら、早くデートにでも誘って、そういう間柄になりなよ。良太郎じゃないけど、あんまりのんびりしてるのも考えものだ」

「バカ言え。そんなことできるか」

「バカは啓介だね。向こうが年上なんだから、無理してエスコートする必要なんてないさ。まずは友達からでいいからさ、一緒の時間を共有することが大事だ」

友達、か。

同学年に、頼ることのできる友人がいない——真冬は自身のことをそう言っていた。

確かに美人でお嬢様とくれば、周囲は引いてしまうだろう。彼女自身がいくら望んでも、普通の友人を求めようとすればするほど、相手は気後れして逃げていったのかもしれない。

しかし一つ、気になることがあった。

たしか絵里《えり》は以前、真冬にも一人、仲の良い友人がいたというようなことを言っていた。そして啓介が、真冬の「他のモデル仲間」とも付き合いがないかどうかを気にかけた。

それはつまり——真冬のモデル仲間の中には、親しくなることが好ましくないような人物がいるということだろうか？

「なぁ、二人とも。話は変わるんだが」

「なんや？」

「うちの学校でモデルやってる人って、他にもいるのか？」

それとなく聞こうと思ったのだが、やはり腐れ縁の友人は、ごまかせない。「白鳥《しらとり》先輩の友達のこと、気になるんか？」と良太郎が小さく笑う。

「そうだな、すまん」啓介は素直に認める。「卑怯《ひきょう》な聞き方だった」

「卑怯とは思わへんよ。せやけど、ケイスケらしくないわな」

良太郎は茶をすすりながら言った。

「ケイスケが誰のこと訊《き》こうとしとんのかは、まぁ、大体想像つくわ。ボクがその人について知っとんのは、海新《かいしん》の生徒で噂《うわさ》好きなやつなら、一度は聞いたことあるっちゅうレベルや。せやから、べつにケイスケがいま知ったところで不自然やないし、後ろめたいことでもないやろ」

良太郎《りようたろう》は、啓介《けいすけ》の過去と性格をよく知っている。本人のいないところで暗い過去を詮索《せんさく》する罪悪感を、良太郎なりの理屈で退《しりぞ》けてくれた。

「……悪いな」

その厚意に、啓介は甘えることにした。

良太郎は空になった湯呑《ゆの》みを盆に戻してから、話し始めた。

「こいつは、桜綾子《さくらあやこ》先輩っちゅう、白鳥《しらとり》先輩の友達に関する噂や。白鳥先輩と同い年やから、ボクらの一つ年上やな」

サクラ。啓介が聞いたことのない名前が出てきた。

「ボクも直接会ったことはあらへんけど、かなりの問題児っちゅうか、ぶっとんだ性格の人だったらしいわ」

「ほう」

良太郎が言うなら、よっぽどなのだろう。

「なんでも、クラスで折り合いの悪かった相手を窓から突き落とそうとしたとか、西口でナンパしてきた男の首を絞めたとか、えぐい武勇伝が満載や」

「……それはもう、問題児っていうレベルじゃないだろ」

啓介の突っ込みに、大地《だいち》も頷《うなず》く。

「そうだね。うちの学校だと、そうそういないタイプだ」

海新高校は、県下では名門で知られている。入学に要求される偏差値もそれなりに高い。もちろん、ペーパーテストが得意であることと素行《そこう》の良さがイコールであるとは言わないが、わりあい強い相関関係はあるだろうと経験的に予測できる。県下屈指の進学校である海新高校で、その生徒はよほど浮いているに違いない。

「ただ、この人もモデルをやっていただけあって、ほんまにえぐい美人やった。見た目はまんま宝塚の男役風で金髪のベリーショート、入学式の日から校則無視してジーンズはいてきとったらしい。白鳥先輩も女性やと相当背の高い方やけど、桜先輩は一八〇あった」

「すごいな」

それほどの長身なら、校内でも目立つだろう。

しかし入学して一年以上が経《た》った今でも、啓介が見かけた記憶はなかった。

「モデル仲間とつるんで、ようクラブに入り浸っとったらしい。しかも、夜遅い時間まで遊んどった」

クラブに行くことを禁じる校則があるのかどうかは知らない。しかし深夜までそういった場所に未成年がいるのは、おそらく市の条例に引っかかる。

「良太郎。それ、どこらへんのクラブか分かる？」

大地《だいち》が質問する。

「確か『ビヨンド』と……『アンデルセン』やな」

クラブに行ったことがないので当たり前だが、啓介《けいすけ》にとっては知らない名前だ。

大地は、「アンデルセン」という名詞が出た瞬間、わずかに顔をしかめたように見えた。

「何か知ってるのか？」

「『ビヨンド』も大概だけど、『アンデルセン』はまず良い噂《うわさ》を聞かない店だよ。大っぴらに売春してる人がいたり、違法薬物の取引をやっている人もいるらしい。普通、学生の近寄る店じゃないね」

「……メルヘンチックな名前とは正反対だな」

売春——下世話な妄想を、啓介は振り払った。

それよりも一つ、確認したいことがある。

「良太郎《りょうたろう》、ちょっといいか」

「なんや？」

「さっきからずっと気になってたんだが——おまえ、その桜綾子《さくらあやこ》さんっていう上級生のこと、ずっと過去形で話してるよな？　もういない人なのか？」

良太郎はばつが悪そうに、「相変わらずやな、ほんま鋭いわ」と苦笑した。

「別に、隠そうとしたわけやない。ただ言いにくいことやから、タイミングが分からんかった」

「すると、その人は……」仮にも寺の息子である。啓介は心の中で合掌した。どんな問題児も、逝《い》けば仏だ。

「あ、いや、死んでへん死んでへん」

良太郎は顔をあおぐように手のひらを振って、慌《あわ》てて訂正する。

「退学になったんや、一年半前に」

退学――

生きていて何よりだが、やはり穏やかな話じゃない。

啓介は、まず確認する。

「そもそもうちの学校で、退学っていう処分がありえるのか？」

「開校以来、退学処分になったんは、生徒会の記録に残ってるだけで三人だけやな」

良太郎はこともなげに答える。さすがの情報網だった。おそらく生徒会長あたりから聞いたのだろう。

ちなみに良太郎の情報網の正体とは、ファンの女性である。良太郎のファンは生徒会長をはじめ、さまざまなクラス・部活・委員会に点在している。ちなみに女性ファンは校外にも大勢いるので、海新《かいしん》高校に関することはもちろん、横浜《よこはま》中のさまざまな情報を良太郎は集めることができた。大地が彼女を次々と変えていくのに対して、良太郎は特定の恋人をつくらず、無軌道に遊びまわっている。本人いわく、「ボクは誰かに縛られるっちゅうのが、死ぬほど嫌いなんや」ということだった。

……いつか女性に刺されて死ぬ気がするが。

「うち二人は、それぞれ強盗と強盗傷害で刑事罰を受けとる。残りの一人はちょっと特殊やな。安保闘争があった年に、過激派の集会にちょくちょく顔を出しとったらしい。学校の化学実験室に爆弾の材料持ち込んでたのがバレてしもうて、一発退学や」

ふと、以前に『波のこえ』のバックナンバーに書かれていた内容を思い出す。

「それ、『波のこえ』で読んだことあるな。うちの学校が持ち物検査だけ異常に厳しいのは、その時からの伝統だって」

海新《かいしん》高校は校則が緩《ゆる》いわりに、毎月第一水曜日には全校一斉の持ち物検査がある。この時、生徒は鞄《かばん》やロッカーの中に入っているものを全て出して、いったん廊下に出なくてはいけない。漫画や雑誌ぐらいでは何も言われないが、たまに酒や煙草《たばこ》が見つかって騒ぎになる。また第一水曜日に限らず、抜き打ち検査が行われる場合もあった。

「それにしても良太郎《りょうたろう》は、本当に情報通だね。驚くよ」

大地《だいち》が感嘆する。

「まっ、女の子からいろいろ話を聞くのはおもろいからな――で、こっからはミステリーや」

良太郎が身をちゃぶ台に乗り出すと、啓介《けいすけ》と大地を順に見た。

「桜《さくら》先輩が退学になったたっちゅうのは、確かな筋からの情報や。せやのに、生徒会の記録には何も残ってへん。たった一年半前のことやのに、これはどう考えても妙や。聞いた話やと、ある日突然、教頭がぶち切れながら桜先輩を職員室に引っ張っていきおったらしい。そいで一週間後に、いきなり退学や。詳しい事情を知っとる人は誰もおらんし、生徒会にも情報は一切開示されへんかった」

誰も退学の理由を知らないということは、さすがに不自然だ。生徒会の記録にも残っていないとなると、学校側が意図的に隠していると考えるのが自然だろう。

「妙な話やろ？　ま、ボクが桜先輩について知っとるのは、こんなとこやな」

「ああ、いろいろ聞いて悪かったな」

礼を言ってから、ふと思う。いくら良太郎の情報網でも、いま話したことがすべて、自然に耳に入ってきたというのは考えにくかった。

一週間前、中庭で啓介と真冬《まふゆ》が並んで歩いているのを見て、あらかじめ真冬や彼女の友人にまつわる情報を集めておいてくれたのかもしれない。昔から、そういう変な気遣いをするやつだった。

良太郎が「しょんべん行ってくるわ」と手洗いに立つと、そのタイミングを見計らったように、大地はぽつりと言った。

「でも、楽しみだよ」

「何のことだ？」

「もちろん、啓介《けいすけ》と白鳥《しらとり》さんのことさ」

啓介は呆《あき》れた。

「お前、意外にしつこいな……」

「いや、変な意味じゃないんだ」

大地《だいち》はなぜか嬉《うれ》しそうな顔をしている。

「まさか啓介が、先生に食ってかかるとは思わなかった」

「ああ……」そういえば大地には、ノート消失の一件について顛末《てんまつ》を話していた。

「ま、成り行きだ」

大地は目を細める。

「やっぱり啓介は、このまま枯れていくような男じゃない。まだ勝負に挑む気概を持ってる」

「あのな」

「ジャナ研でも、修斗でもいい。何なら恋愛だっていいさ」

またあの頃みたいな、格好良い啓介が見たいんだと、大地は無邪気に言った。

×　×　×

中間テストが近づくたびに啓介が思うのは、やはり学校内に自由になる場所があるというのは悪くないということだった。この時期になると図書室は混雑してくるため、一人当たりの占有できるテーブル上の面積が減って勝手が悪くなる。それに、勉強そっちのけで話しだすような迷惑な連中もいた。その点、ジャナ研の部室は十畳ほどのスペースを自由に使えるわけだから、スペースの制限など無いに等しい。中庭を挟んで対面のＣ棟から聞こえてくる音楽系の部活の音色も、バックミュージックと思えばそう悪いものではなかった。

……しかし、それは一か月前までの話だ。

現在、啓介の快適な孤独は脅《おびや》かされている。

啓介は結局、真冬《まふゆ》のジャナ研入部を阻止することができなかった。「地味でつまらないですよ」とか「他の部活の方が絶対おもしろいです」と抵抗してみたが、一度これと決めたお嬢様の熱意を冷ますことはできなかった。以来、白鳥真冬はほぼ毎日のペースでジャナ研の部室に放課後顔を出していた。

ただし、彼女が入部して好転したこともある。

『波のこえ』の売り上げが、伸びたのだ。

真冬の担当するエッセイ「わたしのグルメ」は、横浜《よこはま》市内のレストランや喫茶店の看板メニューを実際に食べてみてレビューするというありきたりな企画だが、彼女の一種独特なお嬢様的語り口が読者に受けたらしい。さらに、紙面には彼女が食事している最中の写真を載せているのだが、それが一部のマニアックな男子に大きな反響を呼んだ。「次はフランクフルトをお願いします」なんていう投書は、さすがに真冬《まふゆ》に見せる前に破り捨てているが。

そして、このエッセイがきっかけになり、真冬は教室内で他の女子生徒から話しかけられることが増えてきたという。他におすすめの店を教えてほしいと聞かれるそうだ。そう嬉《うれ》しそうに報告してくる真冬を見ていると、さすがに「俺は人嫌いなので入部を取り消してください」とは言えなかった。

彼女は勉強については基本的に家で済ませるタイプらしく、原稿を書いていない時はたいてい窓際のパイプ椅子《いす》に腰かけて静かに雑誌を読んでいた。今日もティーン向けの「フェロウ」というファッション雑誌を眺めている。彼女はモデルなのだから、ファッションに興味があるのは当然だろう。しかし、あまり熱心に読んでいるようには見えなかった。もっともファッション雑誌というメディア自体、没頭して読みふけるような種類のものではないと言えるが。

啓介《けいすけ》は数学の問題集をきりのいいところまで終えると、いったんシャーペンを置いた。さすがに目が疲れてきたからだ。

すると、試験勉強に集中することで何とか紛らわせていた、「同じ空間に女性の先輩と二人きり」という状況をいやが上にも意識してしまう。

C棟から聞こえてくる吹奏楽部の演奏がやみ、いよいよ沈黙が落ちたところで、啓介は気まずさに耐えられなくなって真冬に話しかけた。

「……三田村《みたむら》先生の様子はどうですか？」

真冬は雑誌から顔を上げる。彼女はべつに、部室に二人きりというこの状況をどうとも思っていないようだった。一方的に気にしている自分が馬鹿《ばか》みたいに思えてくる。

彼女は口元に苦笑を浮かべて答えた。

「まだ目を合わせてもらえません」

まぁそうだろう。三田村にしてみれば、喉《のど》もとにナイフを突きつけられているようなものだ。

「でも……本当にこれで終わらせていいんですか？」

「これで、というのは」

真冬は小首をかしげた。

「三田村先生は、罰を受けていません」

啓介の知る限り、彼はすでに四つの過ちを犯している。

一つ。世界史の授業で間違った内容を教えてしまったこと。

二つ。一つ目の過ちを隠蔽《いんぺい》するため、クラス全員のノートを改ざんしようとしたこと。

三つ。二つ目の企《たくら》みに失敗し、生徒一人のノートを盗んだこと。

四つ。三つ目の責任の所在を、無辜《むこ》の生徒に押しつけようとしたこと。

一つ目のミスは——あくまでその他のものに比べてだが——まぁ軽微と言って良い。きちんと謝れば済む話だ。二つ目の小細工は、卑怯《ひきょう》で情けない。まっとうな教師のやることではない。三つ目の行為は、犯罪だ。学校から追放されても文句は言えない。そして四つ目の企ては、もっとも厳しく糾弾《きゅうだん》されるべきだ。教師が自らの保身のため、一人の生徒を罠《わな》に陥《おとしい》れようとしたのだから。さすがに許されることではない。

しかし真冬《まふゆ》は微笑《ほほえ》んで首を横に振り、「これで、終わらせてしまいましょう」と言った。

「……優しいんですね」

大地《だいち》や良太郎《りょうたろう》が相手であれば「甘い」と言うところだが、さすがに啓介《けいすけ》は気を遣った。

「先生も人間です。不安に駆られて心を思わぬ方向に動かされてしまう時もあると、そう思っただけです」

被害者である真冬が事態の終結を望む以上、啓介がとやかく言う筋合いではないだろう。

「ところで、工藤《くどう》さん」

真冬は読んでいた雑誌を閉じる。

「私はこれから、次号の『波のこえ』に載せるインタビュー記事の取材に行ってくるのですが——お時間は空いていますか?」

意外な問いかけだった。旧知の友人に話を聞くだけだから一人で十分だと、昨日、真冬は啓介に言っていたはずだが。あるいは、急に不安になったのかもしれない。

「ええ、一応」

今日はジムの定休日だ。試験勉強も切羽詰まったような状況ではない。

するとなぜか、真冬は申し訳なさそうな顔になった。

「実は一つ、ご相談したいことがあるのです」

　喫茶店「レトロ」は、みなとみらい駅近くのタワーマンションの一階部分にあった。より正確に言えば、四階以上がマンションで、一階から三階までが商業施設になっている。名前に反して、シンプルで清潔感のある内装だった。高校生が入るには少し格式が高いと思ったが、真冬の振る舞いは堂々としていた。何度か来たことがあるのかもしれない。

　客の入りは五分だった。窓際のカウンター席に通されたが、真冬が「すみません、あと一人来ます」とウェイターに申し出て、ボックス席に変えてもらった。

　真冬はオレンジジュースを、啓介はカフェオレを頼んだ。以上でよろしいでしょうか、という店員の確認に、「あと、チキンサンドを三人分、お願いします」と真冬が付け加える。

　店員が立ち去ると、真冬は「ここのチキンサンドは、エクセレントです」と嬉《うれ》しそうに言った。この前のチャーシュー丼《どん》の時といい、エッセイの内容といい、食べることは結構好きなのかもしれない。

　真冬は腕時計をちらりと見る。

「あと五分ほどで、ユリさんが来ます」

「白鳥《しらとり》さんの同級生ですか？」

啓介《けいすけ》に会わせたい友人がいるということは、ここに来るまでの電車の中で聞いた。しかし彼女は同級生も年下も〝さん〟付けで呼ぶので、話の中からは学年が分からない。

「一年後輩です。なので、工藤《くどう》さんと同じ学年ですね」

同じ学年で〝ユリ〟……嫌《いや》な予感がした。ちょっとでも機嫌が悪くなればバリエーション豊かな罵倒《ばとう》が次々と飛び出す、挑戦的な赤い唇を思い出す。真冬《まふゆ》の言う〝ユリさん〟が、啓介が中学時代から知っているあの〝ユリ〟だとしたら、ここに来たのは安請け合いだったかもしれないと少し後悔した。

「ユリさんのことを紹介する前に、その……ちょっと私のことを話しますね。もう誰かから聞いたことがあるかもしれませんが、私は一年ぐらい前までモデルの真似事《まねごと》をやっていました。あまり大した活動はしていません。綺麗《きれい》な服を着て、カメラの前で笑っているだけです」

真冬は〝真似事〟と言ったが、絵里《えり》も良太郎《りょうたろう》も、彼女がそれなりに名の売れたモデルであることをほのめかしていた。この場合、彼女の表現は謙遜《けんそん》と取るべきだろう。

「今から来るのは、よく撮影で一緒になった宮内《みやうち》ユリさんという人です。私はもうモデル活動はやっていませんが、ユリさんは今でも続けていて、最近では女優としての道も模索しているそうです」

宮内ユリ――間違いない。啓介と同じ沼田《ぬまた》中学出身で、いまはB組にいる、あの宮内ユリだ。よく街で遊びまわっていたイメージはあるが、モデルをやっているとは啓介は知らなかった。

「そいつ、沼田中学出身のやつですよね？」

真冬は驚いたように、口に手のひらを当てる。

「ご存じなんですか？」

「俺も沼田中学ですから」

真冬はなぜか嬉《うれ》しそうな顔をして、「では、紹介はいりませんね」と言った。

「今回のインタビューでは、普段の仕事のことや将来の目標について伺ってみようと思っています」

真冬は手元に手書きの質問リストを用意していた。準備は万全のようだ。自身もモデルをやっていたわけだから、質問のポイントは間違いなく押さえているだろう。

「それで、ですね……」真冬は言いにくそうに続ける。「ユリさんに今回のインタビューのお願いをしに行ったとき、逆に一つ相談を持ちかけられました。今日はそのことで、工藤さんにも来ていただいたのです」

相談、とは言っても、〝話すことで気が楽になる〟という種類の相談だとしたら、啓介などではなく、もっと適任者がいるはずだ。少なくとも、同性が選ばれると思う。モデルのユリと、ただのジャナ研部員である啓介とを引き合わせるには、それなりの理由があるはずだ。

啓介には察しがついた。

「推理、ですか?」

「ええ」

真冬《まふゆ》は目を伏せる。

「ノートの一件で助けていただいたうえ、友人のことまでお願いするなんて、非常識なのは承知しているのですが……すみません」

べつに非常識ではないと思う。彼女は、友人の抱えているトラブルを何とか解決しようと思っていて、その局面に啓介《けいすけ》が役に立つと判断したのだろう。それは合理的な思考だ。

ただユリの、元気というのを通り越して野放図な過去の言動を思い浮かべると、不安が胸をよぎる。あいつは生来のトラブルメーカーだ。啓介は、何かとんでもない面倒ごとに巻き込まれる気がした。

しかし同時に、確かにユリであれば、学年の違いや家柄のことなど気にせず真冬と付き合いをするだろうと思った。良くも悪くも、率直な性格をしているやつだ。

啓介がそんなことを思っているうちに、喫茶店の入り口の方から、甘える猫のような声がこちらに向かってきた。

「マユちゃんせんぱーい!! 会いたかったよぉー!!」

小麦色に焼けた肌の女の子が、助走をつけて真冬に飛びついた。確かに海新《かいしん》高校の制服を着ているが、どうやって鉛筆を持っているのか不思議なぐらいの長い爪《つめ》をしている。胸のボタンを、その谷間が見えるぐらいまでに深く開けていた。

アーモンド形の大きな目が、ふいにくるりと動いて啓介をとらえる。

「で、あんたは相変わらず、へんな新聞書いてるわけ？」

ジャナ研とかマジ意味不明と、真っ赤な唇の右端が、挑発的につり上がった。


三日前の月曜日に教室の自分の机から盗聴器が見つかったのだと、ユリは他人ごとのように笑った。そこに深刻さは見受けられず、心底から愉快そうだった。もっと重大な事態を予想していただけに拍子抜けする。しかしそれは、ユリという人間の気楽な語り口からくる印象であって、自分の机に盗聴器が仕掛けられていたとなれば、普通は笑えない。まぁ、おそらくユリは、〝普通〟ではないのだろう。

「まずは現物を見てもらった方が早いかな」

そう言ってユリがバッグから取り出したのは、一見何の変哲もない電卓だった。強いて言えば、関数機能も無いわりに大きい気はする。胸ポケットに入るサイズのものが百円ショップで売っている時代だ。

「びっくりしたんだけどね、これ、普通の電卓としても使えるの」

ユリは１＋１を打ってみせる。「２」と表示された液晶を、なぜか得意げに見せてきた。

「私ね、本当は今週ずっとＣＭの撮影で学校休む予定だったの。だけどスタッフがみんな食中毒で死んじゃって――あ、マユちゃん先輩これ冗談だからね死んではいないから――撮影中止になったから、仕方なく学校来たの。そしたら最悪なことに、抜き打ちの持ち物検査があったわけ」

海新《かいしん》高校の名物である一斉持ち物検査は、基本的に毎月第一水曜日に行われる。しかし担任教師の裁量によって、抜き打ちで行う場合もあった。

「で、なんか見覚えの無い電卓が出てきてさ。あれ、こんなの持ってたかなぁーって考えてたら、モデル友達が電子辞書の形した盗聴機をロッカーに仕掛けられてたって言ってたの思い出したの。それで、念のためそういうのに詳しい放送部の後輩のところに持っていったら、ビンゴだったたってわけ」

やはりユリは不安を感じているようには見えない。むしろ、この電卓が盗聴器であると見破ったことを誇っているようだった。

「ちょっとネットで調べたんだけどね、三万円ぐらいで堂々と売ってるの。ただこの電卓はあくまで音声を拾う機能しか持ってなくて、再生したり録音したりするには、他に受信機が必要なんだって。盗聴器から受信機に電波を飛ばすみたい」

「それ……電波はどのくらい遠くまで届くんだ？」

「そこまでは調べてないけど……これぐらいの大きさだったら、二十メートル、最大でもせいぜい四十メートルってとこかな」

一応は放送部だ、そのあたりの勘は働くらしい。

「つまり」

啓介《けいすけ》は情報を整理する。

「単純に考えると、容疑者は二年Ｂ組か隣接するクラスの生徒および教師だな。もちろん、受信機をどこかに設置していて自動で録音していたり、あるいは音を拾いたい時だけ範囲内に足を踏み入れていたとも考えられるが」

啓介は、そんなにおかしなことを言ったつもりはなかった。状況から考えて、まぁまぁ妥当なことを話したと思っている。

しかしユリは、首をひねった。そして眉《まゆ》をひそめる。

「容疑者？　あんた何言ってるの？」

……ヨウギシャという言葉を知らないのだろうか。しかし、彼女も一応は海新高校の生徒である。それとも、昨今の高校生の国語力低下は啓介の予想を遥《はる》かに上回るスピードで進行しているのか。

啓介がそんなことを考えていると、彼女はとんでもないことを言った。

「犯人なら、もう捕まったけど」

……。

「というか、私が捕まえた。ほら、これ電池式だからさ、犯人が近いうちに電池替えにくると思ったの。ネットでスペック調べたら、丸一日しか電池持たないみたいだったし。わざと気づいてないフリして、盗聴器を机の中に戻したわけ。それで放課後に待ち伏せしてたら、バカがのこのこやってきて、とっちめた」

……！

真冬《まふゆ》もストローをくわえたまま凍りついている。どうやら彼女も、ユリが盗聴の被害に遭っている、ということまでしか知らなかったらしい。

しかし、勇敢というか、怖いもの知らずというか。

……というより、先に言え。啓介《けいすけ》は内心で突っ込む。

「ユリさん、怪我《けが》はありませんでしたか？　それに、怖くなかったのですか？」

真冬のもっともな問いかけに、ユリは平然とした表情でかぶりを振る。

「大丈夫だよ、相手は女で、松葉づえだったし。それに私、案外強いんだよね」

そうですか。

啓介は苛立《いらだ》ちを抑えながら、ユリに確認する。

「それじゃあもう、事態は解決してるんだな？」

これでは、放課後に横浜《よこはま》まで足を運んだのが完全に骨折り損だ。無駄な時間を使ってしまったと、啓介は後悔する。

「どっこい、事件はそんなに単純ではないわけよ、少年」

ユリはどこまでもふざける。お前が当事者だろうが。

しかし彼女は、ここにきてようやく、困惑の表情を見せて言った。

「捕まえたやつがさ、この三日間、なーんにも喋《しゃべ》んないわけよ」


ユリの話を整理すると、次のようになる。

宮内《みやうち》ユリが捕縛したのは、浅井加奈《あさいかな》という女子生徒だった。ユリと同じ二年B組で、彼女いわく「ブスで根暗で存在するだけで空気がジメジメする陰気のカタマリみたいな女」らしいが、もちろん額面通りには受け取れない。しかし話を聞いていると、ユリとは正反対の性格の、クラスでも目立たない大人しい生徒のようだった。記憶にある限り、今まで啓介との接点は特にない。同じ学年なので名前に聞き覚えはあったが、ぱっと顔は浮かんでこなかった。

浅井加奈は職員室に突き出された。そして、自分が盗聴器を仕掛けたことはあっさり認めたという。バッグの中に隠していた録音機能付きの受信機も、素直に差し出した。しかし、生活指導の強面《こわもて》の教師たちがいくら問いつめても、動機については一切口を割らなかった。今は自宅で謹慎中だという。連日、教師が家庭訪問しているらしい。

「気になるのは、録音したテープを変な業者に売ってるんじゃないかってことなの。可愛《かわい》いモデルの日常会話って、マニア垂涎《すいぜん》で、裏ショップでかなりの値段で売られてるらしいから」

自分のことを〝可愛いモデル〟と評したことはいったん脇《わき》に置いて、啓介は気になった点を確認する。

「二～三万ぐらいか？」

ユリは、いたく傷つけられたという顔をした。

「その十倍以上」

ならば、盗聴器や受信機の購入費を差し引いても十分利益は出る。リスクを覚悟で盗聴器を仕掛ける者がいたとしても、そこまで不思議ではない。

「ユリさん」

次は真冬《まふゆ》が質問する。

「なに、マユちゃん先輩？」

「その浅井《あさい》さんという方は、どうして松葉づえをついていたのですか？」

真冬は心配そうな表情をしている。

ユリは露骨に「それ関係ないじゃん」とでも言いたげな表情を見せたが、やはり先輩の質問だからなのか、素直に答えた。

「交通事故。なんか、大きなトラックにはねられたって。複雑骨折で、もう一か月ぐらいつえついてる。ぼちぼち治るんじゃない？」

心の底からどうでも良さそうな言い方だった。

しかし真冬は、加奈《かな》の容体を気にかけているようで、「それは、大変そうですね」と呟《つぶや》いた。

真冬の言うとおり、松葉づえで学校生活を送るのはなかなか面倒だ。啓介《けいすけ》も修斗を始めて間もないころ、スパーリングで右足首を骨折してしまって二週間ほど松葉づえをついていたから、その苦労はよく分かる。もっとも啓介の場合は、そこまで大きな怪我《けが》ではなかったし、当時同じクラスの大地《だいち》がいろいろと世話を焼いてくれたからずいぶん助かった。

「まっ、うちのクラスにはお節介なやつもいるから、そいつらが助けてるみたいだけど」

「ユリさん。それはお節介ではなく、優しさと呼ぶべきです」

真冬が優等生らしい突っ込みを入れる。さすがに先ほどからのユリの物言いを見かねたらしい。当の本人は「マユちゃん先輩は相変わらず真面目だなあ」と笑っている。

「まっ、優しいといえば優しいかな。剣道部の朝練あるのに、そっち休んでわざわざあのブス手伝ってるんだから」

ブス、とユリは強調する。口の悪さは中学時代から変わらない。あるいは、浅井加奈というクラスメイトをよほど毛嫌いしているようだ。

もっとも、同性間の仲の悪さというのは大抵対称性のあるものだ。加奈にしても、理由はどうあれ机に盗聴器を仕掛けるくらいだから、ユリのことを良くは思っていなかったのだろう。

「浅井に関しては、そんなところ。あんなやつ、正直気にするのも馬鹿《ばか》らしいけど、もし盗聴内容を録音したテープが業者に売られてたら、早めに押さえないといけないわけ。こんなテープ流出とかが原因で足すくわれるのも馬鹿らしいし」

ユリはいまいましそうに言う。

「それでマユちゃん先輩と工藤《くどう》には、あの女が私の机に盗聴器を仕掛けた、その理由を調べてほしいの。教師連中は信用できないし」

「警察には？」

盗聴行為そのものは違法ではないと、以前に推理小説で読んだ覚えがある。しかしテープを業者に売却している可能性があるとなれば、動いてくれるかもしれない。少なくとも相談ぐらいには乗るだろう。ただの男子高校生にこの話を持ち込むよりは、よほど建設的な展開になるはずだ。

しかしユリは、「それはだめ」とはっきり言った。

「あんまり大事《おおごと》にはしたくないの。私、今けっこう、大切な時期だから」

言葉だけを聞くとずいぶん虫の良い考えにも啓介《けいすけ》には思える。しかし、盗聴という悪意ある行為によって自身の将来を台無しにされることを危惧《きぐ》するのは、考えてみれば当然だ。

「少しいいか？」

一つ確認したいことがあるので、と啓介は質問する。

「三日前……盗聴器を見つけた月曜日、もともと登校する予定はなかったんだよな？」

「ん、そうだよ」

彼女は頷《うなず》く。

「さっきも言ったけど、今週一週間は、ずっと撮影の予定だったの」

「学校やクラスの人たちに、そのことは知らせたか？」

「……別に隠してないけど、それが？」

ユリはほとんど睨《にら》むように啓介を見る。どうやら彼女は、念押しや確認をしてくる相手に〝しつこい〟という感情を抱くタイミングが、平均よりかなり早いらしい。啓介は「いや、それだけだ」と話を切り上げた。

そこでちょうど、三人分のチキンサンドが来た。啓介がかぶりついてみると、なるほど、エクセレントな味がした。真冬《まふゆ》はナイフとフォークで丁寧《ていねい》に切りわけて食べながら、とても幸せそうな顔をしている。

食べ終わって少し雑談をしたのち、真冬が三人分をまとめて会計するため席を立った。さすがにお嬢様だからといって奢《おご》ってもらうつもりはなく、啓介もユリも千円札を渡す。

ユリと二人きりになったところで、彼女がしげしげと啓介を見ていることに気づいた。

何を言いたいのかは、大体分かっている。

「あんた、変わったね」

「……そうか？」

啓介はとぼけて言った。

「うん、大人しくなった。中学の時はさ、先輩や先生たちが隠してたいろいろな秘密を、片っ端からすっぱ抜いて、喧嘩《けんか》売るみたいな記事書いてたじゃん。運動系の部活の体罰とか、校長先生と修学旅行の業者との癒着《ゆちゃく》とか」

「……」

「この盗聴器の話だって、昔の工藤《くどう》だったら、大喜びで記事に書いてたんじゃない？」

ユリは率直な性格をしている。彼女の言っていることは、おそらく事実だった。

「島原《しまばら》のこと、気にしてるんでしょ？」

島原祐樹《ゆうき》――

かつての友人の名前を出されて、胸を突かれたような気がした。

「……あいつはまだ、自分の部屋から出られないらしい」

「ふーん」

ユリは興味なさそうに言う。

「あんたの記事……私はけっこう、おもしろく読んでたけどね」

「レトロ」を出ると、ユリと真冬《まふゆ》は連れ立ってクイーンズスクエアに買い物に行くということだった。そのあと喫茶店でインタビューをする予定だと聞いて、そういえば肝心のインタビューをやっていなかったことに啓介《けいすけ》はいまさら気づく。とはいえ、二人だけの方がインタビューはやりやすいだろう。駅前で別れることにした。それにどのみち、モデルどうし、二人のショッピングについていく勇気はない。まだ五時前なので、行きつけの古本屋に寄ってから帰ろうと決めた。

「あっ、工藤、ちょっと待って」

みなとみらい駅への階段を下りようとしたところで、ユリに呼びとめられる。

「暗号とかそういうの、あんた得意だったよね？」

ユリはやぶから棒に啓介に尋ねた。

「これ、何か分かる？」

ユリはまず自分の額を指さし、次にわき腹を指さして、最後に鼻先に触れた。

「……なんだそれ？」

ボディサインだろうか。アタマ・ハラ・ハナ……

「最近、これやってる女の子たまに見かけるの。なんかのサインだと思うんだけど」

「……ちょっと分からないな」

「ふーん。あんたでもダメか」

じゃあいいかと、ユリはつまらなそうに言った。

分かるわけ、ないだろうよ。

×　　×　　×

その古本屋は、横浜《よこはま》駅をルミネ横から地上に出て、シュウマイで有名な崎陽軒《きようけん》の本社を通り過ぎ五分ほど歩いたところにある。屋号を「船影堂《ふなかげどう》」といった。個人経営の店にしてはそこそこ規模が大きく、雑居ビルの一階から三階までの各フロアに所狭しと本棚が並べられている。とはいえさすがに大手チェーンに比べたら取り扱い点数は少ないのだが、店主はその不利を立地とジャンルの特化で補っていた。すなわち「船影堂」は古雑誌の専門店である。今日発売の「少年サンデー」から戦前に発行されていた共産党系の会誌まで、およそ雑誌と呼び得る紙媒体であれば何でも取り扱っていた。SM写真投稿雑誌と日本短歌の会の旬報《じゅんぽう》がともにワンコインで買える店というのは、なかなか珍しい。それはまるで、この国の現代文化をすべてごった煮にしてひっくりかえしたような、要するに〝カオス〟というやつだった。

啓介《けいすけ》は普段ここで一昔前のSFやミステリ雑誌を買っている。インターネットのオークションサイトとは違い、値段が安定しているのが高校生の身としてはありがたかった。しかし、今日の目的は違う。

啓介は階段で二階まで上がり、「趣味・実用」のコーナーに向かった。ファッション雑誌「フエロウ」のバックナンバーは数多くあった。もともと発行部数の多い雑誌なのだろう。その中から、約二年前に発売されたものを適当に手に取る。ぱらぱらとめくっていくと、すぐに誌面から真冬《まふゆ》を見つけることができた。

白いワンピースに、黒のカーディガンを羽織っている。九月号だから、秋の装いなのだろう。髪は今よりも少し長く、口元には他のモデルたちより少し控えめな微笑《ほほえ》みを湛《たた》えていた。それでいて、彼女の写真がもっとも大きく掲載されている。絵里《えり》が言っていた通り、真冬はモデルとして人気があったらしい。写真の下には「モデル：白雪《しらゆき》」と記載されていた。これは芸名のようなものだろう。瞳《ひとみ》の琥珀《こはく》色は、あらためて写真で見ると、純粋に美しいと啓介は感じた。それでいて、やはりどこか人間離れした、神秘的な印象がある。高校生離れした艶《あで》やかな色気は、写真越しでなお感じた。

「フェロウ」の版元を確認すると、わりと大手の出版社だった。カラー刷りの全二〇〇ページで定価七百円とは、文芸誌と比べてずいぶん安いという気がしたが、考えてみれば、コンテンツ全てが広告のようなものである。収益率は良いのだろう。他の月のものも見てみると、「白雪」は必ずと言っていいほど大きく取り上げられていた。看板モデルと言っていい扱いだ。

約一年分の「フェロウ」に啓介が目を通していると、しばしば真冬が、ある特定のモデルと一緒に写真に写っていることに気がついた。金髪のベリーショートの少女で、口元に笑みはなく、どちらかというと物憂《ものう》げな表情でカメラを見つめている。瞳の射貫《いぬ》くような力強さが印象的だった。真冬が上品な佇《たたず》まいのウサギなら、彼女は孤高の鷹《たか》だろう。名前を見ると、「モデル：紅葉《もみじ》」とある。どの写真でも左手の中指に指輪を二つ連ねて嵌《は》めているのが印象的だった。

昨日大地《だいち》から聞いた、一年半前に退学になった女子生徒の名前は確か「桜綾子《さくらあやこ》」だった。「桜」

をアレンジして「紅葉《もみじ》」というのはいかにもありそうだし、「桜綾子《さくらあやこ》」と真冬《まふゆ》はモデル仲間として親しくしていたという。容姿も聞いた話とぴたりと合った。この金髪の少女が「桜綾子」だという予想は、まずまず妥当なものだろう。

ページをめくっていくと、終盤にインタビュー記事があった。編集者が、モデルたちに学校での生活や恋愛事情を尋ねるという内容らしい。啓介《けいすけ》はもしかして、と思って慎重に読み進めると、真冬と「紅葉」が二人でインタビューに応じている記事があった。

編集者：2014年春期の読者賞準グランプリ受賞、おめでとうございます！
紅葉：悪いね、わざわざお祝いまでしてもらって。
編集者：あなたじゃありません。笑
紅葉：冗談だよ。笑
編集者：というわけで、白雪《しらゆき》さん！　あらためて、おめでとうございます！
白雪：ありがとうございます。大変、光栄です。
編集者：うーん、ちょっと固いですね。
紅葉：そこは大目に見てほしいな。この真面目さがマユの良いところだから。
編集者：そう言えばお二人は、同じ高校なんですよね？
白雪：ええ、綾子とは中学から一緒です。

紅葉：中学二年の時、私がマユにモデルやろうって誘ったんだ。マユは近くで見たらとんでもない美人なのに、いつも地味な服着て教室の隅っこにいたから、すごく勿体《もったい》ないって思ってね。無理やり表舞台に引っ張り出してきた。
編集者：ええ!? 信じられない……読者の皆さんが聞いたら驚きますよ。でも、宝石みたいに綺麗《きれい》な瞳《ひとみ》なのに、クラスで目立たなかったんですか？
白雪：実は、黒のカラーコンタクトレンズをしていたんです。
編集者：確かにそれはもったいない。笑
白雪：当時は、周囲と違うというのが、すごく恥ずかしくて……。
紅葉：少し補足すると、当時、マユの周りに悪いやつらがいてね。寄ってたかって、マユをいためつけていた。自分にないものを妬《ねた》む、処置無しの連中だったよ。まぁ、全員ぶちのめしたけれど。
編集者：なるほど！ 紅葉さんが、白雪さんを守ったのですね。
白雪：はい。綾子は本当に、私を守ってくれる騎士みたいな存在です。
編集者：でも、白雪さんほどの美人なら、騎士役に手を上げる男性はいくらでもいるんじゃありませんか？
紅葉：ああ、男はダメだ。下心しかない。本当に無私の騎士になれるのはやっぱり、同性だけだよ。

編集者：手厳しいですね。笑
ところで、「白雪《しらゆき》」という素敵なモデルネームは、やはり白雪姫《しらゆきひめ》からとったんですか？
紅葉《もみじ》：実はそのネーム、私がつけたんだ。
よく似合わないって言われるんだけど、こう見えて童話が好きでね。
編集者：それは初耳ですね。
紅葉：この前も美術の授業で、好きなグリム童話を題材に絵を描いたら、コンクールに入選してね。今も美術室に飾られて……いや、私の話はいいか。笑
話を元に戻すと、白雪姫のイメージが、このコにはぴったりだと思ったんだ。
単に美人っていうだけじゃなくて、どことなく儚《はかな》げで、ちょっと目を離した隙《すき》に悪いやつにひどいことされそうな、守ってあげたくなる雰囲気が。
編集者：確かに白雪さんは、おとぎの国のお姫様って感じですね～。
白雪：やめてください。笑
編集者：ではでは、白雪さんと紅葉さんの、さらなるご活躍に期待しています！

インタビューというよりは、対談に近い記事だった。「マユ」や「綾子《あやこ》」といった、会話内に出てくる二人の呼び名がそのまま載っているあたりに、編集の杜撰《ずさん》さが窺《うかが》える。しかし、これで「桜綾子《さくら》」とモデル「紅葉」が同一人物であることはほぼ確定した。おそらく、ボイス

レコーダーで録音した会話をそのまま文字に起こしたのだろう。

しかし、綾子と真冬《まふゆ》、二人のやりとりは微笑《ほほえ》ましく感じた。読者賞を受賞した真冬に焦点を当てたインタビューのようだが、綾子の方がずっと多く喋《しゃべ》っている。しかし出しゃばっているというよりも、口下手な真冬に代わって場を持たせようとしているという印象を受けた。〝全員ぶちのめした〟が比喩《ひゆ》なのかどうかはわからないが、良太郎《りょうたろう》の言っていた通り、性格は苛《か》烈《れつ》な感じがする。しかし、真冬を想う気持ちは文面から伝わってきた。

むろん、たった数十行程度のインタビュー記事から、その話者の人格を考察することには無理がある。

しかし啓介《けいすけ》には、「無私の騎士」を自任する桜綾子という人物が、退学になって当然の悪辣《あくらつ》な振る舞いをしていたとは、思えなかった。


結局、啓介は「フェロウ」を買わなかった。

女性向けファッション誌をレジに持っていくのが恥ずかしくなったわけではない。ただ、自分はいったい何の権利や義務をもって真冬の過去を詮索《せんさく》しているのだろうと、ふいに我に返っただけだ。確かに啓介と真冬は、まったく無関係な他人同士というわけではない。一か月前のノート消失をめぐる一件で、小さな繋《つな》がりは生まれた。しかしそれが、彼女の過去をのぞき見ることの正当性に結びつくことはない。

目的も無いのに知りたがるというのは、つまり好奇心である。好奇心はたいてい無邪気だが、無邪気であることが無罪の証左にはならない。意味もなく他人を詮索《せんさく》するのは、卑《いや》しいことだと言える。

——これじゃあ、中学の時と同じだ——

好奇心のまま無関係なトラブルに首をつっこみ、紙面で得意げに推理を披露していたあの頃から、何も変わっていない。

家に戻り、自室で世界史の教科書に目を通しながらもそんな自己嫌悪に陥《おちい》っていると、携帯電話が鳴った。液晶には「白鳥《しらとり》　家」と表示されている。彼女は携帯電話を持っていないので、電話番号を交換した時に、家の固定電話の番号を知らされた。まるで見透かされたようなタイミングだと、啓介《けいすけ》は苦笑した。

「はい……工藤《くどう》です」

『夜分遅くに失礼します。白鳥です』

真冬《まふゆ》は電話越しだと、いっそう口調が丁寧《ていねい》になる。

『お時間、よろしいですか？』

「ええ……大丈夫ですけど」

続く彼女の声色は、いかにも申し訳なさそうだった。

『ユリさんのこと、気を悪くしないでください。あの人は、昔からああいう性格で、悪気はないのです』

「いえ、大丈夫です」啓介は苦笑する。「あいつの性格は、知ってますから」

実際のところ、本当にユリに「悪気は無い」のかどうか、少し怪しいところだと思う。しかし、それを真冬に言っても仕方ない。

『明日の朝、ユリさんが盗聴器の仕掛けられていた現場を見せてくださるそうです。午前七時三十分に昇降口で待ち合わせているのですが、工藤さんもいらっしゃいますか？』

「そうですね……」

正直、ユリのことはあまり好かない。

しかし、あれはあれで、自分の夢や欲求に正直なやつだ。

啓介が思い出すのは、中学二年生の時の、ある英語の授業だ。「将来の夢」というテーマで英語でスピーチをするという内容だったが、啓介も含め、ほとんど生徒は適当にごまかして喋《しゃべ》った。夢をまっすぐに語るというのは、簡単なことではない。

しかしユリは、自分の夢は「女優」であるとクラス全員の前で大見得を切った。スピーチを聞いて失笑する連中には、「ま、そこらのブスには見ることもできない夢だよね」と斬《き》って捨てた。

あれから三年が経《た》って、ユリはいまだ自分でこれと決めた道を歩いている。

それは傍《はた》から見るほど、容易な生き方ではないはずだ。

「分かりました、行きます」

まっすぐに前を見るやつが、つまらない場所で躓《つまず》くところを、あまり見たくはなかった。

『あと、もう一つよろしいでしょうか？』

「はい」

『昼間、ユリさんが工藤《くどう》さんに、ジェスチャーの意味を尋ねていましたよね？』

「ああ、確か……」

額、わき腹、鼻先を順番に触れていくやつのことだろう。意味は分からなかった。

「一応、覚えてます」

『あのジェスチャーなのですが、実は私も見たことがあります』

「へぇ、流行《はや》ってるんですね」

それぐらいの感想しか出てこなかった。

『どういう意味だと思われますか？』

いきなり尋ねられて、啓介《けいすけ》は少し驚いた。

「そうですね……」

啓介は数秒考えてみたが、とっさにひらめくものは無かった。

たとえば野球の試合中、監督が打者に向かってそのジェスチャーをすれば、バントなりヒットエンドランなりのサインだろうと予想はつく。重要なのは意味よりもむしろ状況だ。

「どんな状況でしたか？」

『えっと……校内の廊下で、二人の方がコピー用紙を運んでいる時です。先生に仕事を頼まれたようでした』

「ジェスチャーをしていたのは、その二人の生徒ですか？」

『はい。お互いに同じ動きをして、くすくす笑っていました』

啓介はその様子を想像する。秘密の暗号と言えば聞こえは良いが、周囲に分からない形で、しかもあからさまに情報のやり取りをするのは、見ていてあまり気分の良いものではない。

「ちょっと分からないですね……あとで考えておきます」

『申し訳ありません、頼ってばかりで』

真冬《まふゆ》は長々と世間話をするタイプではない。今日の礼を繰り返し述べると、『おやすみなさい』と言って静かに電話を切った。

×　×　×

翌朝、啓介は待ち合わせ場所の昇降口で二人と合流し、二年B組の教室に向かった。

自分が所属しているクラス以外の教室に入るのは、これが二回目になる。二年B組の教室は、以前にノートを運ぶため立ち入った三年C組に比べると整然としている印象があった。少なくとも漫画や雑誌が積み上がっている机は見あたらない。しかし教室の真ん中のあたりに、桃色の座布団が椅子《いす》に敷かれ、背もたれに赤と白のギンガムチェックのブランケットが掛けられた席がある。啓介《けいすけ》がずいぶん派手な席があると思って見ていると、ユリがそこに鞄《かばん》を置いた。

「ここが私の席。机の奥の方に、盗聴器が入ってたの」

啓介は一言断ってから、机の中をのぞきこむ。何も入っていなかった。

「ちなみに、教科書類は？」

「ぜんぶロッカー」

……とりあえず、ユリに宿題をやる気がさらさら無いことは分かった。

これなら持ち物検査の時に、盗聴器はすぐに見つかったことだろう。

まずは昨日の反省から、先に確認しておく。

「昨日から、何か新しく分かったことはあるか？　たとえば、浅井《あさい》が何か喋《しゃべ》ったとか」

「あいつは相変わらずダンマリ決め込んでるらしいけど」

ユリはふふんと得意げになって続ける。

「浅井の親から、昨日連絡があったの。あいつの家に、盗聴器を売ってる通販サイトから荷物が届いたの、先週の土曜日だって」

……非常に重要な情報だ。やはり、最初に聞いておいて正解だった。

それにしても、加奈《かな》の親からユリに直接連絡があったというのは、少し妙だと思った。そのことを尋ねると、ユリは「ああ、教師は信用できないから。浅井の親に脅《おど》しかけて、直接連絡させてる」と悪びれた様子もなく言った。

啓介は情報を整理する。

「浅井は、土曜日に盗聴器を手に入れた。すると、彼女が宮内《みやうち》の席に盗聴器を仕掛けることができたのは、早くても月曜日だ」

そして盗聴器は月曜日のホームルームに実施された持ち物検査の際、ユリによって発見されている。つまり加奈が盗聴器を仕掛けたのは月曜日のホームルーム前――早朝だと考えるのが自然だ。

「あの、よろしいでしょうか」

啓介が提示した仮説に、真冬《まふゆ》が検証を入れた。

「浅井さんは、土曜日に届いたというその盗聴器とは別に、あらかじめ別の盗聴器も持っていたとも考えられます。そうしますと、月曜日以前に盗聴器を設置することも、可能だったのではないでしょうか？」

「あっ、マユちゃん先輩、それなんだけどさ」

ユリが横から口をはさむ。

「浅井が盗聴器を私の机の中に放り込んだのは、たぶん月曜日の朝だよ。ふだん浅井はさ、バス停から矢部《やべ》と黒沢《くろさわ》っていうのと待ち合わせして学校まで来てるの。矢部と黒沢はクラスメイトで、昨日話した、浅井《あさい》の世話を焼いてる物好きコンビ。ほら、この学校ってわりとバス停から遠いし、校門前は坂になってるじゃない？　だから二人が鞄《かばん》とか持ってあげてるらしいの。だけど今週の月曜日に限って、前もって浅井の方から二人に、先に行くから待ち合わせは無しでってメールを送ってたみたいなの」

なるほど、確かに妙な感じがする。もちろん、加奈《かな》は他に何かまっとうな理由があって月曜日は早めに登校したのかもしれない。しかしそうであるなら、矢部《やべ》と黒沢《くろさわ》という生徒に頼んで、待ち合わせ時間を早めてもらうことも可能だったはずだ。あるいは善意で鞄を持ってもらっているのに、自身の都合で時刻を前倒しするのは気が引けたのかもしれない。むろん、それもありえる。

この点はいったん置いておく。そのうえで、もし加奈が月曜日に盗聴器を仕掛けたと仮定すると、少しおかしなことになると啓介《けいすけ》は気づいた。

「しかし、どうして浅井は、月曜日の朝に盗聴器を仕掛けたんだろうな？」

「そりゃあ、私の会話を盗聴するために決まってるじゃない」

ユリは、なにをいまさら、という顔をする。

「宮内《みやうち》、お前は今週の月曜日から金曜日まで、ずっと撮影でいない予定だっただろ？」

あっ！　とユリは声を上げた。

「浅井がそれを知らなかった、というのは考えにくい。盗聴のターゲットに、犯人がそこまで無関心でいるはずがないからな」

　昨日ユリは、撮影のスケジュールは特に周囲に隠してはいないと言っていた。

「じゃ、こういうのは？」彼女は次の仮説を出す。

「浅井が月曜日の朝に盗聴器仕掛けたっていうのは、いったん撤回。盗聴器は、もっとずっと前から私の机に仕掛けられてたんじゃない？　私が撮影に行くっていう情報を知ったあとも、いちいち外すのは面倒だから、放っておいたの」

　なるほど。それはそれで、一応理屈は通るが……。

　違和感を覚えていると、横で啓介とユリのやりとりを聞いていた真冬《まふゆ》が、「それは少し、おかしな感じがしますね」と言った。

「もしユリさんの言う通り、盗聴器はもっと前から仕掛けられていたとしたら――なぜ浅井さんは、ユリさんの撮影スケジュールの情報を入手した時点で回収しなかったのでしょう？」

「どういうこと？　だって、わざわざ盗聴機を回収するのも、リスクがあるんじゃない？」

「いえ、これは心理の問題です」

　真冬は続ける。

「仮に、ユリさんが浅井さんだったとしてください。盗聴の相手は、一週間ずっと学校に来ないことが分かっています。その一週間、盗聴という目的が果たせないのに、動かぬ証拠である盗聴器は、ずっと標的の机の中に入っています。いつ誰が、どんな気まぐれをおこして、あの電卓に触れるか分かりません。四六時中気が休まることがない、とても辛《つら》い状況です」

やはり真冬《まふゆ》は、こういった心理面での矛盾《むじゅん》を指摘するのが非常に巧みだ。前回、啓介《けいすけ》も助けられている。

「しかし盗聴器を回収すれば、その不安は無くなります。たった一回リスクを冒せば、一週間ずっと心穏やかでいられるのです。少なくとも私なら、そちらを選びます」

ユリは、うつむいて黙り込んだ。議論についていけずふてくされている、という様子ではない。何か思いついたようだった。

「ねえ、工藤《くどう》。マユちゃん先輩」

ユリは自信なさげに続ける。

「なんか、さっきから二人の話聞いてるとさ……もしかして浅井《あさい》のやつ、私が狙《ねら》いじゃなかった？」

啓介と真冬は、同時に頷《うなず》いた。

「そもそも、だ。机の中に知らない電卓が入ってたら、誰だって疑問を抱く。電卓の存在に気づかないこと、あるいは買った覚えの無い電卓を宮内《みやうち》がそのまま使い続けることに賭《か》けるというのは、あまりに不合理だ。抜き打ちの持ち物検査の可能性が常にあるのに、リスクが大きすぎる。浅井は、宮内が登校しない期間を狙ってあえて盗聴器を仕掛けたと考える方が自然だろう」

「つまり、それって」

ユリが問いをはさむ。

「私が来週学校に出てくるまでには、盗聴器を外す予定だった？」

「ああ」啓介は頷く。

「しかし、浅井にとっては不運なことがおこった。宮内、お前が急なスケジュール変更のため登校してきてしまったことだ。ちょうど持ち物検査が行われたので電卓の存在には気づかれてしまったものの、幸いなことに、それが盗聴器であることはバレていない――ように見えた。しかし、それはお前の演技だった。浅井はまんまと罠《わな》にはまり、放課後、盗聴器を回収しようと机に近づいたところで、取り押さえられた」

そこまで話したところで、二人の女子生徒が教室の中に入ってきた。当たり前だが、啓介と真冬を怪訝《けげん》な目で見る。ユリはともかく、まさか他のクラスの生徒がいるとは思っていなかっただろう。時計を見ると、始業三十分前だった。そろそろ体育系の部員が朝練を終えて教室に戻ってくる時間だ。

べつにやましいことはしていないが、目立って得があるわけでもない。それに、現場の確認はもう済んだ。

啓介と真冬は、目を合わせて退散した。

四時間目が終わったあと、啓介《けいすけ》はすぐに教室を出た。今から確認しようとしていることは、昼食中が一番都合良かった。

啓介は廊下から二年B組の中をのぞきこむ。当たり前だが生徒たちが昼食を取っていた。

大地《だいち》はすぐに見つかった。ショートカットの小柄な女の子と楽しそうに弁当を食べている。新しい彼女なのかもしれない。

「大地」

廊下から呼びかける。

大地は振り返って、「やぁ、啓介」と相変わらず爽《さわ》やかな笑みを浮かべた。

「ちょっといいか?」

啓介がそう言って手招きすると、大地は一緒に弁当を食べていた女子生徒に一言告げて、すぐ廊下に出てきてくれた。

「悪いな」

「いや、構わないよ――どうしたの?」

彼女との時間を邪魔するのは申し訳ない。啓介はいきなり本題を切り出した。

「お前確か、たまに剣道部の練習に顔出してるよな?」

大地は中学時代、その超人的な身体能力とスポーツセンスで、三つの競技で全国優勝を果たしている。剣道もその一つだった。そしてその腕を買われ、高校では剣道部に所属こそしていないものの、たまにコーチとして道場に呼ばれていると以前話していた。

「うん」大地は頷《うなず》く。「一か月に一回あるかないか、ぐらいだけど」

「練習はどんな感じだ？　楽とか、厳しいとか」

大地は少し間を置いた。

「正直、僕にとっては何ともないけど」

まぁ、そりゃあそうだろうと苦笑する。ふだんスパーリングの相手をしているので、大地の体力が底なしであることは啓介が身をもって知っている。

「朝練は毎日あるし、普通の人には、けっこうハードだと思うよ。特に女子にはね。新しく顧問になった新田《にった》先生が、ずいぶん張り切ってるんだ」

だけど、と大地は付け加える。

「悪い部活じゃないよ。練習自体は充実してるし」

「そうか」

ところで、と啓介は教室の中をのぞきこみながら続ける。

「黒沢《くろさわ》と矢部《やべ》っていうのは、どの席に座ってるか分かるか？」

「うん、呼ぼうか？」

「いや、誰か教えてもらうだけでいい」

そう言うと、大地は一瞬怪訝《けげん》そうな表情を見せたが、「白鳥《しらとり》さんと比べたら、あんま良い趣味とは言えないね」と呟《つぶや》いて、教室の真ん中あたりを指さした。

「あの、派手の席の真後ろと、その左だよ」

派手な席とは、ギンガムチェックのブランケットの掛かっているユリの席のことだろう。大《だい》地《ち》の指さした二つの席には、それぞれショートカットの女子生徒と、長い髪を一つに結った女子生徒がいる。昼食をとりながら、仲むつまじそうに話していた。どちらが黒沢《くろさわ》でどちらが矢《や》部《べ》かは分からないが、まぁそれはいい。

「あの二人は、剣道は強いのか？」

「うーん、ぜんぜん駄目だね」大地はばっさり斬《き》る。「まず、練習熱心じゃないから」

「というと？」

「たとえば地稽古《じげいこ》の時は、ずっと二人で組んで時間を潰《つぶ》してるんだ。新田《にった》先生も見かけたら注意してるんだけど……どうもね」

なるほど。

大体、分かってきた。

「悪い、あと一つだけ教えてくれ」

啓介《けいすけ》は、自分の額、わき腹、鼻先を順に指さした。

「このジェスチャー、見たことあるか？」

「ああ、それ。確か……」

やはり、見覚えがあるらしい。

「よく剣道部の女子がやってるね……特に掛かり稽古の前なんかに」

これで、ようやく状況がつながった。

昼食中に付き合わせて悪かったと詫《わ》びてから、啓介は自分の教室に戻った。


放課後、部室に行くと、真冬《まふゆ》はいきなり啓介に頭を下げて謝罪の言葉を述べた。

「先ほど、ユリさんから連絡がありました。『私を盗聴してたわけじゃないみたいだから、もう調べるのはいいや』だそうです。……申し訳ありません。せっかくお力を貸していただいたのに」

啓介は苦笑した。確かに、人にものを頼んでおいて、解決の兆《きざ》しが見えたら一方的に事態の終了を宣言するというのは、礼儀正しい人間の振る舞いではない。しかし考えてみれば、最初からユリの目的は盗聴事件の真相究明などではなく、自身の芸能活動に悪影響が及ぶ可能性の有無を確認することだった。その可能性が排除された今、「調べるのはもういいや」ということなのだろう。考え方としては一貫している。あとは態度の問題だ。そしてユリは、態度が悪い。

「本人が納得できたなら、俺はそれで構いません」

それは本心だった。啓介は当事者ではない。向こうが「もういい」と言うのなら、これ以上、よそのクラスの事情に首を突っ込むべきではないと思った。昼休みに二年B組の教室に行ったことは無駄になったが、後悔するほど手間をかけたわけでもない。

「あの……工藤《くどう》さん」

啓介《けいすけ》がノートパソコンを開こうとした時、真冬《まふゆ》のまっすぐな視線を感じた。

「今回の件について、もしかして何か気づかれました？　実は私、昨日からずっと、胸の奥がもやもやしているんです」

啓介は一瞬、答えに詰まった。

何も気づいていない、と言えば嘘《うそ》になる。とりあえず一つの仮説は立った。しかし楽しい内容ではない。少なくとも、事件には無関係と言える二人が、会話を弾ませるために持ち出して良い話題ではないと思った。だから気づいていないふりをして、シラを切るつもりだった。

「このもやもやが、どうしても晴れなくて……」

真冬は眉根《まゆね》を寄せて不安そうな顔を見せると、自分の左胸に両手のひらを重ねて当てた。

「もやもやするのは、浅井《あさい》が盗聴器を仕掛けた理由――ですか？」

「と、いうよりですね」

真冬は首を横に振ってから、こんなことを言った。

「浅井さんに、罪はあるのでしょうか？」

罪――それは、啓介が思いもしない言葉だった。

「浅井さんが盗聴器を仕掛けたのは……悪意や利欲ではなくて、もっと切実な、何かやむにやまれぬ理由があったのではないのかと……そんな気がするのです」

……まったく、真冬の〝もやもや〟には驚くしかない。

他人の心の動きを直感的に見抜くことで、推理や仮説の検証を行わず、結論は啓介とほぼ同じ場所に着地した。

「浅井さんは一体、誰の、どんな声に、耳を澄ませていたのでしょうか？」

「……」

浅井加奈《かな》が盗聴器を仕掛けたことは、やがて全校に伝播《でんぱ》するだろう。さまざまな、無責任な噂《うわさ》が飛び交うに違いない。事態をおもしろくおかしく騒ぎ立て脚色するやつは、どこの世界にもいる。それは仕方の無いことだ。かつて、啓介もその一人だった。暗く甘い好奇心の誘惑は、時に道徳心など軽く吹き飛ばす。

しかし真冬の目には、いたずらに真実をのぞきこもうとする自分本位な興味も、闇雲《やみくも》にパズルを解こうとする無邪気さもなかった。琥珀《こはく》色の瞳《ひとみ》には真実を知ることへの意欲を宿していて、しかし同時に、渦中にある人への慈愛も映していた。強いて言うならそれは、物事を正しく見ようとする意志だった。

啓介は、ふと思った。

彼女は、ただ他人からの頼み事を断れないという気弱さで、この一件にかかわり合いになったのではない。押されるままユリの頼みを引き受けたわけではないのだ。真冬は最初、盗聴の被害に遭った友人の身を案じ、そして今は浅井加奈《あさいかな》という話したこともない女子生徒に心を寄せている。「加害者」や「被害者」といったカテゴリーに囚《とら》われず、一個の人格を真摯《しんし》に見つめている。

それは、誰にでもできることではない。

少なくとも、中学時代の啓介《けいすけ》には、欠けていた素養だ。

「罪があるかどうかは、分かりません。ただ一つ、仮説は立ちました」

真冬《まふゆ》になら、話してもいいという気がした。

「そもそも、です。普通、高校の教室に盗聴器を仕掛けて拾える音は、何だと思いますか？」

「それは——授業と、放課後や休み時間の会話ですね」

啓介は頷《うなず》く。

「ただ前者については、わざわざ盗聴器なんて使うまでもない。この学校の生徒であれば、授業は誰でも聴くことができます」

むしろ聴かないやつの方が多いぐらいだ。啓介は教師である三田村《みたむら》の顔を思い出す。

「また何らかの理由で——たとえば授業中にひどいセクハラ発言を繰り返す教師がいて、そのことを外部に告発するために動かぬ証拠を集めている場合などに——録音する必要があったとしても、制服の中にスマホを忍ばせておけばいい。大体の携帯電話には、録音機能がついています」

「ということは」真冬は続ける。「浅井さんの目的は、やはり〝会話〟ですね」

「ええ、俺はそう思ってます。ところで白鳥《しらとり》さん、盗聴器というモノの特徴は、何だと思いますか？」

やや考えるような間を置いて、真冬は答えた。

「音声を録音できることでしょうか？」

「それも一面です」

啓介は肯定する。

「しかし、こうも言えます。自分がその場にいなくても、そこで交わされた会話をリアルタイムあるいは後から確認することができる――誰にも気づかれずに」

ここに至って真冬も、加奈が盗聴器を仕掛けた本当の理由に気づいたようだった。彼女の横顔に、ひどく切なげな、憂《うれ》いの色が浮かぶ。

「本人がその場にいない時に限って交わされる会話といえば、何だと思いますか？」

「……陰口、ですね」

シンプルに考えていれば、もっと早く結論に至れたかもしれない。しかし、ユリがモデルであるという事実と、彼女が早い段階で示した懸念、すなわち「浅井は録音したテープを業者に売却しているのではないか」という仮説に引っ張られすぎた。もっともそれは、気づかないうちに推論の幅を狭めていた啓介自身の責任にほかならないが。

「すると浅井《あさい》さんは、ユリさんが自分の陰口を言っているかどうか確認しようとして、盗聴器を仕掛けたのですか？」

「いえ……こう言ってはなんですが、宮内《みやうち》は浅井に対してもともと良い印象を持っていなかったようです。そして宮内は、好悪の感情を隠すタイプじゃない」

あんなのでも、一応は顔見知りだ。そして真冬《まふゆ》の友人でもある。啓介《けいすけ》はできるだけ遠回しに言ったつもりだが、真冬の方がばっさり言った。

「つまりユリさんは、他人の悪口を言う時は真っ向から言う人だと、そういうことですね」

「……ええ」

それが美徳とは思わないが。悪口は悪口だ。

「自分を嫌っていると分かり切っている人間に対して、まさか盗聴器を仕掛けてまで、陰口を言っているかどうか確認しようとは考えません。本当に気になるのは、表面上は仲良くしている間柄の人間、つまり友人の真意です」

ユリの話を聞く限り、加奈《かな》は大勢の友人を持っているというタイプではない。そして、ユリの机に盗聴器を仕掛けたということは、彼女がターゲットとした人物は、宮内の席の周囲にいると考えるべきだ。

すなわち。

「黒沢《くろさわ》と、矢部《やべ》です」

×　×　×

学校から駅までの帰り道、真冬はずっと黙っていた。

黒沢と矢部——その二人の女子生徒について、啓介はよく知らない。実際、大地《だいち》に教えてもらうまでは顔も分からなかった。そんな、ろくに話したこともない相手の人格について、聞きかじった情報からあれこれ推論を並べたてるのは無礼だろう。だから啓介は、そんなことをするつもりはなかった。

ただし一つ、一般論として言えることはある。

困っているクラスメイトのために自身の部活動を犠牲にする——そんなふうに、何の見返りも無しに他人のため骨を折ることのできる人間は、決して多くない。

大地に聞いてみれば、二人はしばしば厳しい練習をサボっているという。練習をサボるというのはつまり、支払う労力と報酬が見合っていないと自主的に判断したということだから、ある意味で冷静さの証《あかし》である。そして啓介は、二人のその打算的な冷静さと、毎朝クラスメイトを手助けするという専一な献身に、ちぐはぐな印象を覚えた。そして、前者が後者を包括しているという可能性——すなわち、二人は打算的に加奈を助けたのではないかという仮説に思い至った。

黒沢《くろさわ》と矢部《やべ》が加奈《かな》に声をかけたのは、おそらく、剣道部の朝練から逃げるためだろう。今年赴任してきた新田《にった》という体育教師は、剣道部でけっこう厳しい指導を行っているらしい。

だから黒沢と矢部は、朝練をサボるためのエクスキューズとして加奈を使った。それ自体は厳しく糾弾《きゅうだん》されるほどのものではない。誰だって本音と建前を使い分ける。それが他人を傷つけるものでなければ、構わないと思う。

しかし、おそらく黒沢と矢部は、加奈を手伝うのが面倒になった。「朝練がめんどうくさい」という本音を「骨折したクラスメイトの手助けをする」という建前にすり替えたくせに、いざやってみると、建前を建前として維持することを億劫《おっくう》に思い始めた。それが表情や態度に出て、加奈は二人の善意を疑ったのではないか。そして、二人が自分のいないところで一体何を話しているのか、確かめずにはいられなくなったのではないか。

友人たちが、自分には分からないジェスチャーを交わし合って、何故かくすくすと笑い合っている。毎朝荷物を持ってくれる心優しい友人たちの真意を、聞こえない本当の声を、加奈は知ろうとしたのではないか。

——全ては推測だ。関係者にインタビューして回れば真実と呼べるものも分かるかもしれないが、そんなことをする理由がない。……以前の啓介《けいすけ》であれば、そこまでやっていたかもしれないが。

これ以上の好奇心は、悪意にも比する。

しかし一つ、気になることがあった。

啓介と真冬《まふゆ》は、遮断棒の下りた踏切の前で立ち止まる。表示盤の矢印は右左の両方向に出ていた。二本の電車が通過するには、少し時間がかかるかもしれない。

「あの、間違っていたらすみません」

啓介は、皮肉や嫌味《いやみ》に聞こえないよう気を払いながら、言葉を続けた。

「もしかして、最初から気づいていたんじゃありませんか？」

「それは……」

真冬は口元を緩《ゆる》めた。そして、「工藤《くどう》さんには、かないませんね」と目を細める。

彼女は普段、脈絡無く話題を継ぎ足して会話を進めていくタイプではない。夜の八時過ぎに自分から掛けた電話であれば、なおさら話を短くまとめようとするはずだ。昨日の電話で、盗聴事件に関することから急にハンドサインに話題が飛んだ時、啓介は小さな違和感を覚えた。

そして、ひょっとしたらそれは、今回の盗聴事件に関わる情報なのではないかと啓介は考えた。

おそらく真冬は、コピー用紙を運んでいたという生徒だけではなく、矢部と黒沢の二人が、加奈の手伝いをしている時に例のハンドサインを交わしながらくすくす笑い合っている場面を、見たことがあるのだ。

彼女は、他人の心理の微妙なゆらぎを直感で見抜くことに秀《ひい》でている。だから一目で、黒沢と矢部の交わすハンドサインが善良な心の発出ではないことに気づいたに違いない。

しかし真冬《まふゆ》は、あくまで二人の善意を信じようとした。そのジェスチャーに何らかの悪意が込められているという可能性を、彼女の優しさが否定したのだろう。

しかし、どうしても暗い疑念が残った。だからこそ、ああいう迂遠《うえん》な形で啓介《けいすけ》に尋ねたのではないか。

「工藤《くどう》さん、あのジェスチャーの暗号を解いたんですか?」

「暗号、なんていうほどのものじゃありません」

この先を喋《しゃべ》るのは、少し気の重いことだった。

「先に言っておきますと、あまり愉快な内容じゃありません。少なくとも……綺麗《きれい》なものじゃない」

啓介は自分の額を指でさした。

「白鳥《しらとり》さん、ここは何でしょう?」

「額、でしょうか? あるいは、頭」

「剣道部的には?」

沈黙が流れる。真冬は成績優秀だが、こういう単純なとんちにはいまいち勘が働かないようだった。

数秒してから、あっ、と呟《つぶや》いた。

「メン」

「じゃあここは？」

啓介は、次にわき腹に触れる。

一問目が解けたら、二問目は早い。

「ドウ、ですね」

「最後。鼻先をおさえる仕草は、一般的に、どんな意味を持ちますか？」

真冬は、それがまるで世界を滅ぼす呪文《じゅもん》であるかのように、おそるおそる、薄い唇をふるわせた。

――めんどうくさい――

第3話 負けた理由

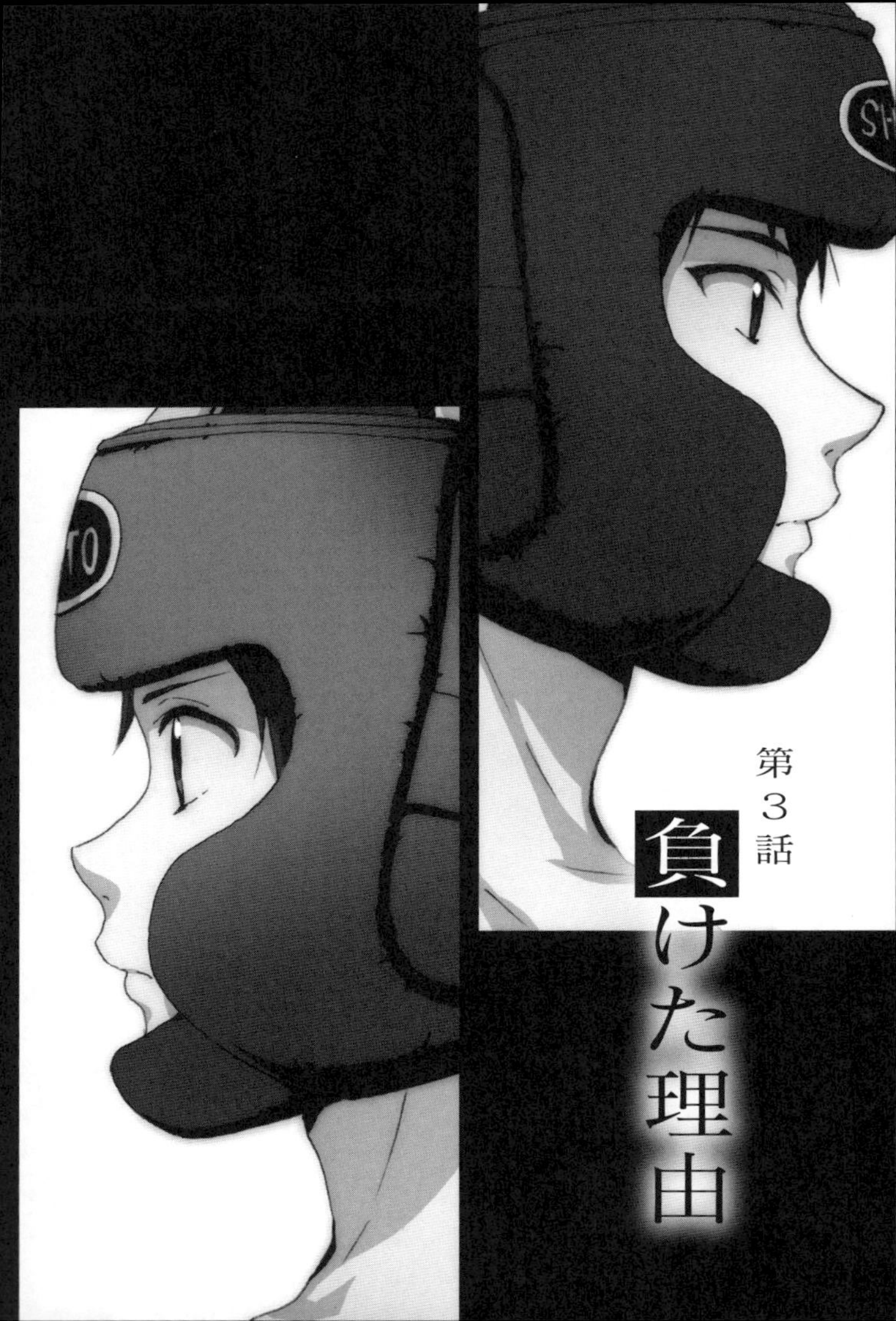

対戦相手の身長は百六八センチと、ライト級の中では小柄な方だが、フットワークがよく遠間からの揺さぶりが上手《うま》い選手だった。ジャブで牽制《けんせい》し、タックルのフェイントを巧みに織り交ぜて、鋭いステップインから本命の左フックを二つの軌道で腹と顔面に打ち分けてくる。出入りが激しいから距離感が摑《つか》めないうえ、試合開始直後に左ミドルにカウンターを合わせられたから、その悪いイメージを引きずって第一ラウンドは劣勢のまま終わった。

「なんやケイスケそのザマは！　ぶちかましたれ！」

インターバルにコーナーで呼吸を整えていると、関西弁のガラの悪い応援が横から飛んできた。視線をちらりと観客席に向けると、格闘技観戦にギターケースを背負ってきた馬鹿《ばか》と、まるで天体でも撮影するような三脚付きカメラを構えている真冬《まふゆ》がいた。……これだからお嬢様は侮《あなど》れない。

最近、大地《だいち》と良太郎《りようたろう》は頻繁《ひんぱん》に部室に遊びに来るようになった。啓介《けいすけ》一人の時はほとんど顔を見せなかったのに、まったく現金な連中だと思う。とはいえ、部室で真冬と二人きりというあの気まずい状況を避けられるのはありがたかった。

四人であれこれ話しているうちに、啓介と大地が出場する修斗のアマチュア選手権に、真冬は取材、良太郎は応援というかたちでついてくることになった。

それが、今日だ。

「友達が応援に来てるのか」

セコンドの上条《かみじょう》が、驚いたように啓介に言う。

「俺、そんなに友達がいないように見えますか？」

「まぁ、無愛想だしな」

上条は苦笑する。そこは否定してほしかった。

「それにアマチュアだと、格闘技の応援に来てくれる友達っていうのは案外少ない。誰だって、友達が殴られるのは見たくないからな」

そういうものだろうか。

「で、相手選手だが、フットワーク勝負はもう捨てろ。あれはボクシングを相当やり込んでる動きだ」

「テイクダウン狙《ねら》いますか？」

「それもありだが、まず距離を潰《つぶ》せ。ショートアッパーも打たせないぐらいに密着してから、膝蹴《ひざげ》りを狙え。散々練習してきただろう？」

「はい」

あのコンパクトな左フックをかい潜《くぐ》って組みつき、レバーに膝をぶちこむ。容易な作戦ではないが、確かに活路はありそうだった。啓介は長いリーチを活《い》かした遠距離戦を主軸にトレーニングを積んできたが、今回のようなケースも想定して、組んでの膝蹴りも繰り返し練習してきた。

「気張れよ。次、大地《だいち》とやるんだろう?」

上条《かみじよう》はすでに、大地が一回戦を勝つことを前提で話している。まぁそれも、大地の実力からすれば当然のことだった。もし啓介《けいすけ》が勝ち上がれば、二回戦の相手は間違いなく大地だろう。

レフェリーがセコンドアウトを告げる。ヘッドギアを被《かぶ》りなおして、啓介はリングの中央に戻っていった。相手の左フックはかなり鋭い。あれが顔面に直撃したらと思うと、正直、さっさと白旗を上げたい気分だった。最初は気晴らしと健康維持のために始めたはずなのに、大地の口車に乗せられて、こうして大会にまで出てしまった。仮に勝ち上がっても賞金が出るわけではないし、ましてやプロになりたいわけでもないのに。わざわざ参加費を払い、小田原《おだわら》くんだりまで来て、俺は一体何をやっているのだろうと、啓介はふいに笑いたくなった。

しかし——啓介には一つ、勝ちたい理由があった。

二回戦に上がれば、啓介を格闘技の世界に引っ張り込んだ大地と、初めてスパー以外で拳《こぶし》を合わせることができるのだ。もちろん、大地に勝てる可能性などゼロに等しい。しかしこの一年間トレーニングを積んで、ひ弱そのものだった自分がどれだけ大地に近づくことができたのか、純粋に興味があった。

大地は強い。底なしの体力で連打してくるジャブとストレート、そして変幻自在の軌道を描く左右のキック。レスリングの出身だから寝技の対応力もある。普段のスパーリングでは他の選手のレベルに合わせてリミッターをかけているため、そこまで強力な技は出さないが、大会になると蹴《け》りの一撃で骨の二〜三本をまとめて砕く。何らかの対策を講じなければ、瞬殺されることは目に見えていた。

「とはいえ……」

啓介はリングの対角で、ゴングの鳴る前から軽やかなステップを刻む対戦相手を見た。まずこいつを何とかしなければ、大地の待つ二回戦にはたどり着けない。

「ファイ！」

レフェリーが第二ラウンドの開始を宣言した直後、一秒のさらに半分ほどの、瞬時と言える短い時間で、啓介はリングを見渡した。四隅のコーナーポールと、張り巡らされたロープ。弾力のあるマットには無数の血の花が飛んでいる。レフェリーの男性は確かベテランで、啓介はこれまでも何度か試合会場で見かけたことがあった。

相手は、フックワークがよく距離感に優れたアウトボクサー。蹴りとタックルは牽制《けんせい》に使う程度で、フィニッシングブローは左の鋭いフック。寝技ではバックチョークと腕十字を狙《ねら》ってくる。年齢は二十五で、既婚者。仕事は高校で英語の教師をしているらしい。

一方、工藤《くどう》啓介は格闘技を始めてまだ一年の高校生だ。身長は相手よりも十センチ近く高いが、フィジカルは弱い。タックルは苦手なので基本的には打撃でプレッシャーをかけ、カウンターの右ストレート、あるいは組んでの膝《ひざ》で勝負をかける。公式戦への出場は今回が初めてだった。無理やり連れてこられたとはいえ、負けるよりは勝ちたい。

「こんなもんか」

まずは状況を、正しく把握する。

判断は、常にそれからだ。

×　×　×

「結局判定かい。しょっぱいな」

ドクターチェックを終えて観客席に向かうと、良太郎《りようたろう》はつまらなそうに言った。

大地《だいち》はまだ一階でストレッチをやっているらしく、観客席には戻っていない。

「じゃあお前がやってみろ」

第二ラウンドの終盤で会心の膝蹴《ひざげ》りが二発入ったのに、相手選手は立ち上がってきた。大した闘志だと思った。あれは真似《まね》できない。

「冗談やて。お疲れさん」

缶コーラを放り投げられたので、両手で受け取る。

「初勝利、おめでとうございます！」

啓介《けいすけ》に駆け寄る真冬《まふゆ》は、本当に冗談みたいな大きさのカメラを抱えている。「スポーツ観戦は初めてなので、お店で一番いいやつを買いました」と言っていたが、どう見たってプロ仕様の高級品だ。たぶん五十万はするだろう。

服装については、形の良い脚を大胆に露出したショートパンツに、ワニのワンポイントが入ったポロシャツ、マリナーズの野球帽と普段よりかなりラフな格好で、体育館の観客席に違和感なく溶け込んでいる。普段の真冬の私服は「ドレスコードのゆるいIT企業で働くお洒落《しゃれ》なOL」といった感じだが、今回はTPOに合わせたのだろう。しかしショートパンツからハイカットのスニーカーへと続く脚線美は、啓介には少し刺激的すぎた。ポロシャツもタイトなつくりのものなので、身体《からだ》のラインが非常にくっきりと出ている。

はっきり言って、目のやり場に困った。

「顎《あご》は大丈夫ですか？」

第一ラウンドでもらったカウンターの左フックのことを言っているのだろう。

「ええ……まぁ、このぐらいなら」

派手に倒れたので心配をかけたようだが、ダメージは大きくない。それよりも、判定までもつれ込んだことによる体力の消費の方が問題だった。

……まぁ、次の試合は、どのみちスタミナの配分なんて考えてはいられないだろうが。

「で、ダイチと栗田《くりた》っちゅう選手がこれから試合やって、その勝った方とケイスケが、二回戦やな」

「ああ」

「まっ、間違いなくダイチが上がるやろ」

油断は禁物だと思うが、同感だった。

対戦相手の栗田《くりた》という選手は啓介《けいすけ》たちより一つ年上の高校三年で、キックボクシングの経験があるらしい。前回の大会のビデオを見た限り、右ストレートの破壊力は相当のものだが、大地《だいち》の敵ではないだろう。

「そういや、さっきロビーで陽菜《はるな》を見たで」

唐突に言われて、啓介は「陽菜」という名前を記憶から検索した。

勝ち気な性格の、よく通る声で授業中に発言していたショートカットの女子生徒が頭の中に浮かぶ。

「陽菜って、沼田《ぬまた》中で一緒だった、あの遠坂《とおさか》陽菜か?」

「そや。栗田っちゅう選手と手えつないでたで。彼女ちゃうか?」

「……複雑な状況だな」

「まぁダイチも、昔の女のことといちいち気にするタイプでもないやろ」

話についていけない真冬《まふゆ》はぽかんとしている。一人置いてけぼりは可哀《かわい》そうなので、啓介は簡単に事情を説明した。

「中学の時、大地は遠坂ってやつと付き合ってたんです」

「確かに倉掛《くらかけ》さん、女性から人気がありそうですね」

「そりゃあ、もう」啓介は笑った。「ただ一か月ぐらいで別れました。その遠坂がいま付き合っているのが、どうやら——」

「次に倉掛さんが戦う、栗田さん」

啓介は頷《うなず》く。

「とはいえ、別に問題は無いと思います。大地と栗田選手は初対面のはずですし、遠坂は気の強いやつですが、昔のことを引きずるタイプでもないですから」

その時、リングの方から歓声が上がった。振り向くと、どうやらバンタム級の準決勝でハイキックの派手なKOが出たらしい。勝者は雄々しく叫び、拳《こぶし》を天に突き上げていた。

一方、リングドクターに抱き起こされた負けた方の選手を見ていると、自分の未来を暗示されたようで、啓介は不吉な感じがした。ハイキックは、まともに入れば一撃で意識を刈り取ることができる。一時間後、自分がああなっているかもしれない。

良太郎《りょうたろう》も啓介と同じことを連想したらしく、「ダイチのキック、どうすんねん」と呟《つぶや》いた。

「まともに喰《く》らったら、首から上吹っ飛ぶで？」

良太郎の表現を、今は大げさとは思わない。最近の大会で大地に敗れた選手は、試合後のドクターチェックで頬骨《ほおぼね》が砕けていると診断された。

「一応対策は考えてある。ま、通用するかどうかは、別の話だけどな」

それを説明しようとしたところで、背後の扉が開く気配がした。

「その様子だと、勝ったみたいだね。お見事」

振り返ると、大地《だいち》がスポーツドリンクを片手に観客席へと入ってくるところだった。

「悪いね、応援できなくて。ちょっとロビーで考え事をしてたんだ」

「珍しいな、お前が」

啓介《けいすけ》は意外に思った。試合前にナーバスになる大地など、見たことがない。

「二回戦で当たったら、お手柔らかに」

「ああ」

大地は、試合が控えているとは思えない爽《さわ》やかな笑みを見せた。よく女子生徒から「細い」「スタイルが良い」と形容される大地だが、それは背の高さからくる印象であって、実際はウエイトでしっかり筋肉をつけている。不自然にビルドアップしたのではなく、体脂肪を絞り相手を倒すため必要十分な筋肉を備えた、格闘家として理想の肉体だった。

大地は観客席に座っている二人の方を向く。

「良太郎《りょうたろう》、白鳥《しらとり》さん。今日はありがとう」

良太郎は視線をそらして「暇つぶしや」と蓮《はす》っ葉《ぱ》に呟《つぶや》いた。これで案外、照れ屋なところがある。

格闘技観戦に縁の無さそうな真冬《まふゆ》は、「前々から、工藤《くどう》さんと倉掛《くらかけ》さんがリングに立っているところを、見てみたかったのです」と嬉《うれ》しいことを言ってくれた。

しかし、さすがに真冬は率直だった。

「工藤さんは、とても粘《ねば》り強い試合をしますね。負けそうなのに、負けません」

「……まぁ、現状、それだけが取り柄ですから」

リング上での自分が観客席からどう見えるかというのは、今まで意識したことがなかった。

「倉掛さんの試合も、楽しみにしていますね」

「ありがとうございます」

大地は如才《じょさい》ない笑みで応じる。

「そういや、二回戦で当たったら、ダイチとケイスケはガチで行くんか？」

「ああ」

良太郎からの質問に、啓介が答える。

「うちのジムのルールで、同門対決でも手を抜かないことになってる」

良太郎は頷《うなず》いた。

「まっ、怪我《けが》だけは気ぃつけや」

「ありがとう」

大地は律儀に礼を言うが、良太郎は呆《あき》れた顔をして「オマエやなくて、ケイスケに言っとるんや」と返した。

他の階級の試合で反則騒ぎやら抗議合戦やらが続いたので、大会進行が全体的に十五分ほど押した。啓介《けいすけ》はいったんアップを切り上げて、あとは試合直前までロビーでゆっくりすることにした。今から始まる大地《だいち》の一回戦を、あえて見ないためだ。どのみち大地の圧勝で間違いないだろう。

ロビーは観客席に輪をかけて閑散としていた。選手でもないのにアマチュア格闘技の地方予選に来るのは、ジムの関係者かよほどの物好きのどちらかだ。

ふと、壁沿いに並べられたベンチの一つに、真冬《まふゆ》が座っていることに気づいた。何やら思い悩むような表情で一枚の紙をじっと見つめている。はがきのようだった。

少し迷ったが、売店に行くためには真冬が座っているベンチの前を通らなくてはならない。無視するのも不自然だと思ったので、こちらから話しかけた。

「白鳥《しらとり》さん」

真冬ははがきからゆっくり顔をあげた。そして啓介の姿を認めると、いつものまどろむような笑みを浮かべたが、琥珀《こはく》の瞳《ひとみ》にはどこか憂《うれ》いの色が滲《にじ》んでいるように見えた。

「大地の試合は観なくていいんですか?」

「ちょっとリングの熱気に当てられてしまって……休んでいます」

確かに彼女の頰《ほお》は、わずかに上気しているように見えた。

何を読んでいるんですか?――とは聞けなかった。しかし手元に注がれる啓介の視線に気づいたようで、特に隠し立てする様子もなく、「昔、友達からもらった手紙です」と自分から言った。

「持ち歩いているんですか？」

「はい。空いた時間はいつも眺めています」

すると――彼女は「友達」と言ったものの、実際は恋人から送られた手紙なのかもしれない。ただの友人からの便りを、日頃持ち歩いて何度も見返したりはしないだろう。

真冬の心を捕らえているこの手紙の送り主のことを、啓介は考えた。そして、彼女に恋人がいるのかもしれないと思うと、胸の底がざわつくような感覚を覚えた。

何とコメントしていいか分からず、黙っていると、真冬は薄く笑った。

「誤解させてしまいましたね。同性の友人です。読んでみますか？」

そういって真冬がはがきを手渡そうとするものだから、啓介はうろたえた。さすがに他人の手紙を読むのははばかられる。

「大丈夫です。何が書いてあるか、分かりませんから」

「……？」

真冬は寂しげに言った。

「言葉通りの意味です」

啓介ははがきを受け取った。字が汚すぎて読めないという意味だろうか。

一見したところ、ごく普通のはがきだった。表面には、女性らしい丁寧《ていねい》な筆致で「白鳥真冬《しらとりまふゆ》様」と綴《つづ》られている。むしろ読みやすい字だ。しかし宛先《あてさき》の住所も、差出人の住所もない。直接手渡されたものだろうか。

ふいに差出人の名前を見て、啓介《けいすけ》は固まった。

『桜《さくら》　綾子《あやこ》』

雑誌「フェロウ」に掲載されていた、孤高で鋭い目をした彼女の写真を思い出す。綾子は一年半前に海新《かいしん》高校を退学になったのだと、以前良太郎《りょうたろう》から聞いた。

はがきを裏返す。

アルファベットの筆記体で、短い一節が綴られていた。

『Good bye, Bloody Demon』

一読して、再び文頭に戻りゆっくりと文字を追う。

最初に思ったのは、欧米の諺《ことわざ》だろうか、ということだった。直訳すれば「さようなら、血まみれの悪魔」。友人に送る手紙にしてはいささか物騒だ。あるいは映画か、小説の題名だろうか。

「私のこの言葉の意味を、一年半、探しています」

辞書はもちろん、ネットや図書館でもこの一節を探し尽くしましたと、真冬は付け加えた。

「しかし、それらしいものは何も見つかりませんでした。直訳しても意味は摑《つか》めません。おそらく、これは——」

「暗号、ですか」

真冬は頷《うなず》いた。

「どうでしょう？　何か、気づいたことはありますか？」

「この文面だけでは……何とも」

状況が分からないのでは、啓介にも仮説の立てようがない。アナグラム等の単純なパズル的解読は、すでに真冬が試しているだろうし。

「白鳥さん、このはがきは……」

いくつか啓介が質問をしようとしたところで、真冬が首を横に振った。何かを恥じるように、顔を伏せる。

「これから大事な試合という時に。申し訳ありません。お手間をとらせてしまいました」

啓介が壁に掛けられた時計を確認すると、あと十五分で試合だった。確かにそろそろ良い時間だ。大地《だいち》のことだから、もうKOで片をつけているだろう。

「このことは忘れてください。二回戦、頑張ってくださいね」

そう言って送り出そうとする真冬の表情が、どこか心配そうであることに、啓介はふと気づいた。

琥珀《こはく》色の瞳《ひとみ》が、何か見えないはずのものを見てしまったかのように、不可解そうな色を浮かべている。どこか不安げにも見えた。そして真一文字に結んだ唇は、いかにも何か啓介《けいすけ》に言いたそうで、しかしそれを頑張って抑え込もうとしているようだった。

これはおそらく……

「あの、もしかして」

「はい？」

「もやもや、してますか？」

真冬《まふゆ》は、とても分かりやすいリアクションをした。驚きに目を見開く。

「ど、ど、どうして知っているんですか!?」

啓介は笑いをかみ殺した。

「顔に出てます」

「そうですか……」真冬は自分の顔をぺたぺたと触った。そして、「実は、ですね……」とためらいがちに切り出す。

「これから、工藤《くどう》さんと倉掛《くらかけ》さんが戦うんですよね？」

「ええ」

大地《だいち》が一回戦で負けるという可能性もゼロではないが、それは無視していいだろう。

「倉掛さんが、工藤さんを殴ったり、蹴《け》ったりしているところが、どうしても想像できなくて

「……それで、もやもやしてしまいました」

なるほど、女性にとっては、そういう感覚なのかもしれない。真冬は学校での大地しか見たことがないから、なおさらだろう。

しかし啓介と大地は、ジムでもう何十回とスパーリングをしている。

「俺と大地の間に、もういまさら遠慮はありませんよ」

そう言うと、真冬は少しほっとしたように微笑《ほほえ》んだ。

「ただ一番は、お二人に怪我《けが》がないことです。くれぐれも、無理しないでください」

啓介は「どうも」と頭を下げた。

頑張ってどうにかなる相手ではないが、できるだけのことはやってみようと思う。

子供のころ、運動が苦手な啓介にとって、大地はいつもヒーローだった。グラウンドを駆ければ誰よりも速く、豪快なダンクシュートはバスケ部の立場がないほどで、負けている試合のラストバッターでツーストライクからホームランを打つような男だった。

その大地と自分が、これから同じリングに立ち、拳《こぶし》をぶつけ合う。

普段のスパーリングのように、パワーやスピードを調整していない、全力の大地と立ち会うのだ。

それは何か悪い冗談のように思える一方で、ずっと見ているだけだった場所に立てることが、少し楽しみでもあった。

しかし啓介《けいすけ》が会場に戻ると、リング上に大地《だいち》の姿は無く、栗田《くりた》がセコンドと抱き合っているのが見えた。

観客席にいた良太郎《りょうたろう》に状況を確認すると、ひどく悔しそうな表情で答えた。

「あいつ、負けよった。さっき担架で運ばれていったで」

×　　×　　×

意識はあったようだと良太郎に聞いていたので、そこまで慌《あわ》てはしなかった。会場のサブアリーナを出て、二階の端にある医務室に向かう。扉をノックすると、「どうぞ」と促《うなが》された。

セコンドについていた上条《かみじょう》の声だった。

ベッドと薬品棚、そしてパイプ椅子《いす》が置かれただけの簡素な部屋だった。三台あるベッドの真ん中で、大地はその長身を横たえている。右足に巻かれた包帯が痛々しかった。リングドクターが施した応急処置だろう。ベッド脇《わき》のパイプ椅子には上条が座っていた。

「大地、大丈夫か」

啓介がベッドに近寄ると、大地は胸元で手刀を切った。

「悪かったね、啓介。戦えなくて」

「まさか、お前が負けるとは思わなかった」

それが啓介の正直な感想だった。

「折れてるのか？」

「いや、靱帯《じんたい》を痛めた」代わりに上条が答える。「帰りに病院に連れていって、レントゲンを撮ってもらう」

大地はあっけらかんとした調子だが、むしろ上条の方が暗い表情をしていた。アマチュアの選手に試合で怪我《けが》をさせてしまった、その責任を感じているのかもしれない。

「どういう状況だったんですか？」

「試合終了間際に、相手がヒールホールドを仕掛けてきた。それに捕まってな」

ヒールホールドは、いわゆる足関節技の一つだ。相手の踵《かかと》をひねって膝《ひざ》を極《き》める技術で、技の入り方にいくつかのパターンがある。

「相手にも悪気は無かったと思う。ただ残り時間が数秒で、ポイントは大差で大地が勝っていた。ここで極めなければ判定で負けると、力が入ったんだろうな。タップが間に合わなかった」

格闘技の試合で怪我はつきものだ。栗田を責めるわけにもいかないだろう。

啓介はそれよりも、大地に栗田のヒールホールドが掛かったことが、驚きだった。

「あいつ、足関節上手《うま》いんですか？」

事前にビデオで栗田の動きを見た限り、パンチ主体で試合を組み立てていくタイプだった。

「正直、そうは見えなかったが……」

上条《かみじょう》は言いよどむ。実際、大地《だいち》相手に一本が取れるようなグラップリングの技術を持つ選手は、そうはいないはずだ。

「焦っちゃったんです」大地が苦笑して答えた。「ヒールホールドって、技の入り方によって対処が違うじゃないですか。一瞬、どうやって逃げればいいのか分からなくなって」

確かにそういうこともあるかもしれない。しかし、大地が試合中に冷静さを欠いた場面を、啓介《けいすけ》はこれまで一度も見たことが無かった。

やはり、元彼女の現在の彼氏という相手選手のプロフィールが、大地に動揺を与えたのだろうか？　……いや、そんな繊細な男ではないはずだ。

上条は腕時計を見ると、パイプ椅子《いす》から立ちあがった。

「すまんが、俺はちょっと会場の方に戻る。三島《みしま》のセコンドにもつかにゃならんし」

三島というのはウェルター級の選手だ。ベスト4まで残っている。

「啓介も、しばらくしたら会場に戻れ。アップと、念のため足関節からのエスケープを確認しておいた方がいい。それと次の試合は、もしヒールホールドを掛けられたら早目にタップしろ」

「分かりました」

「大地は安静にしてろ。動くなよ。足が痛み出したら俺の携帯に連絡しろ」

「はい」

上条はそう言い残すと、廊下を走っていった。自身もプロの修斗選手であり、『シーガルズ』の指導者である上条は、格闘家としては少し変わったキャリアを歩んできた。高校までは地元の宮城県で野球をやっていて、強肩で有名なキャッチャーだったという。甲子園にも二度出たらしい。高卒でプロ野球チームに入ったが、故障のため三年で解約され、それから総合格闘技を始めたという苦労人だ。怪我《けが》の怖さは、誰よりもよく知っている。

啓介は、今まで上条が座っていた椅子に腰を下ろした。

「大地」

「ん？」

「実際のところは、どうなんだ？　俺は、お前が栗田《くりた》に負けたというのが、どうしても信じられない」

決して栗田が弱いというわけではない。初戦で見せた右ストレートは鋭く、実際、次の試合で啓介が勝てるかどうかは怪しいところだ。

しかし栗田が、大地を相手に食らいつけるとは到底思えなかった。

レスリング、走り高跳び、剣道——三つの競技で全国制覇を成し遂げている男である。その身体能力の高さは、常人のそれとまるで比較にならない。実際、大地はこの半年間、アマチュアの選手相手には負け無しだった。

「弱みでも握られてたのか？　それとも、遠坂《とおさか》への気兼ねか？」

「馬鹿《ばか》言っちゃいけないよ、啓介《けいすけ》」

大地《だいち》は自嘲《じちょう》するような口調で過去を顧《かえり》みる。

「確かに僕と陽菜《はるな》は付き合っていたし、その終わり方も、あまり穏便とは言えないものだった。まぁ、完全に僕のせいだけどね」

大地はモテる。モテすぎた。中学時代、大地はレスリング部のマネージャーである陽菜と交際していたが、やはり一か月で別れて、次は塾で知り合った女の子と付き合いだした。このあたりの経緯は啓介も詳しいことは知らない。ただ、その顛末《てんまつ》には一枚嚙《か》んだ。当時、レスリング部の上級生が大地を「シメる」という話になった。ただ、傍《はた》から見ている分には部活のアイドルをとられたことに対するただの八つ当たりだったので、啓介は大地の肩を持った。最初は話し合おうとしたが、結局こじれて、最後はかなり険悪な雰囲気になってしまった。

「ただ、遺恨をリングに持ち込むほど、お互い子供でもないよ。それに」

大地は平然と続けた。

「僕が負けたのは、僕が弱かったからだ。それ以上でも、以下でもないさ」

啓介は会場に戻ると、観客席で手持《ても》ち無沙汰《ぶさた》にスマホをいじっている良太郎《りょうたろう》に話しかけた。

「良太郎」

「おお、ダイチどやった?」

「靭帯《じんたい》を痛めたみたいだ。ただ、骨は大丈夫だと思う」

「そか」

良太郎はほっとしたようだった。

「白鳥《しらとり》さんは？」

「ついさっき戻ってきて、ダイチが担架で運ばれたこと言うたら、飛んでったで」

ちょうど入れ替わりだったらしい。ただ、これから啓介が確認しようとしていることは、真《ま》冬《ふゆ》の前では少し話題に出しにくい内容なので、むしろ都合が良い。

「大地の試合、ずっと観てたんだろ？」

「ああ」

「正直、どう思った？」

良太郎は間を置かずに答えた。

「ダイチ、様子がおかしかったで。軽いミドルしか蹴《け》らへんかった」

「もしかして、怪我《けが》か？」

「うーん、ボクも格闘技は素人《しろうと》やからな。なんとも言えん。ただ、足は問題なく動いとった」

上条《かみじょう》は、試合自体は大地が優勢だったと言っていた。もし一回戦の開始時点から満足な蹴りを出せないほどの怪我を負っていたのだとしたら、いくら大地とは言え、ポイントで圧倒的なリードを奪うことは難しい。

「すると、手を抜いたか」

「元カノの新しい彼氏は蹴《け》れないっちゅうことか？　よう分からんな」

「それより、遠坂《とおさか》への負い目かもしれない。中学時代に異性関係で遠坂を傷つけたから、その罪悪感に縛られて、思い切りの良い試合ができなかった……」

言いながら、啓介《けいすけ》はありえないと思った。それで罪悪感を覚えるような人間が、一か月周期で付き合う女性を変えるわけがない。あいつは自身の奔放《ほんぽう》さを開き直っている男だ。

「弱みを握られてた、っちゅうのはどうや？」

「それは俺も考えたが、試合終盤までリードしていたのが妙だ」

俺はお前のこんな後ろ暗い過去を知っている、ばらされたくなかったら試合に負けろ――そんな取引が成立したのであれば、あんな土壇場での逆転劇を演出する意味が無い。上条《かみじょう》の話によれば、栗田《くりた》のヒールホールドが極《き》まったのは試合終了のタイマーが鳴る直前だった。もっと確実な勝ち方がいくらでもある。

「そもそも、だ。取引があったにしろ無かったにしろ、最初からわざと負けるつもりだったなら、序盤でもっと相手にポイントを許して、判定で負ければいい。そっちの方がずっと確実で、安全だ」

「つまり？」

「おそらく大地《だいち》は、負けるべきか勝つべきか、試合中ずっと迷っていた。だから得意の蹴りは威力をおさえ、それでいてポイントは大きくリードを奪った」

「そんで、最後の最後で、やっぱ負けたくなったと」

「だからヒールホールドから逃げなかった」

理屈としては、一応の筋は通る。あとは、その理屈に当てはまる具体的な状況は何か、という点だ。

俺が大地の立場だったら、試合中に何を迷う？

実力差のある、格下の相手。

本気を出せば、瞬殺もできただろう。

トーナメントの一回戦。

リングの対角に立つのは、元恋人の、現在の彼氏……。

「ケイスケ」

「ん？」

「今、ふと思い出したんやけど。確か陽菜《はるな》のやつ、試合直前にダイチに話しかけてたで？」

それは気になる情報だった。陽菜にとっては、かつての交際相手と、現在の恋人との対戦カードだ。普通の感覚で言えば、そこには気まずさがあるはずだ。それを、わざわざ自分から大地に話しかけて、彼女は一体何を伝えようとしたのか？

会場を見渡すと、隅の方で栗田がアップをしていた。近くに陽菜の姿は無い。もしかしてと思い、啓介《けいすけ》はロビーに向かった。

遠坂陽菜《とおさかはるな》は暗いロビーのベンチに腰掛けて、缶コーヒーを飲んでいた。もうすぐ恋人の試合が始まるというのに、その表情はどこか物憂《ものう》げだ。彼女の視線は通路の奥に注がれていて、その先には医務室がある。

正直言って、できることなら中学時代の知り合いとはかかわり合いを持ちたくない。しかし啓介は、大地《だいち》の負けた理由が気掛かりだった。もし本当に脅《おど》されていたのなら、見過ごせない。他の誰かならいざしらず、大地が傷つけられたのならば、放ってはおけなかった。

「……遠坂」

彼女は話しかけられることを予想していたようで、「工藤《くどう》くん、久しぶりね」と口元にあるかないかの笑みを浮かべた。記憶の中にある彼女より、ずいぶんと髪が伸びている。

「あなたが格闘技を始めたって聞いた時は、正直驚いたけど。なかなかサマになってるじゃない」

どう答えていいか分からず、「そりゃあ……どうも」としまらない返事をした。

「新聞は続けてるの？」

「一応」啓介は頷《うなず》いた。「今は、娯楽記事ばかりだけどな」

「そっか」陽菜は小さく笑う。

「懐かしいな、沼田中《ぬまた》の三バカ。京本《きょうもと》くんが情報集めて、工藤くんが先輩たちに喧嘩《けんか》売るような記事書いて、袋だたきにされそうになったら大地が助けに入って……」

「……過去の汚点だ」

陽菜はわずかに眉《まゆ》をひそめた。

「工藤くん、ちょっと変わったね」

変わった――そう言えばユリにも、同じことを言われた気がする。

本当に変われているのか、啓介は自信が無かった。

「それで、大地はどう？」

「とりあえず骨は折れてないみたいだ」

「そう――」

陽菜の反応は素っ気ない。何かを言いかけて、やめたようだった。

「観客席にいた、あのすごく綺麗《きれい》な女の人は？」

真冬《まふゆ》のことだろう。

「学校の先輩」

「高校生なんだ。大学生かと思った。大地の彼女？」

「……俺の部活の先輩だ」

「ふうん、それだけ？」

陽菜《はるな》の口調に悪戯《いたずら》っぽさが混じる。

「……それだけだ」

「あっそ」

陽菜の美点は、からかうにしても怒りをぶつけるにしても、あっさりしているところだ。それは中学時代から変わっていない。大地《だいち》をシメるだなんだというのは、事情を聞きつけたレスリング部の連中が勝手にやったことで、陽菜の本意ではなかった。だからあの一件のあと、陽菜はレスリング部のマネージャーを辞めた。

「さっき、大地とは何を？」

「お互い、忘れましょうって。ほら、せっかくの試合に水を差したくなかったし」

過去の遺恨をリングに持ち込みたくないのは分かる。大地も同じことを言っていた。しかし、中学時代の交際で、不義理と捉《とら》えられても仕方の無い異性への振る舞いをしていたのは大地の方だ。彼女には、大地を責める権利がある。

そのことを啓介《けいすけ》が指摘すると、陽菜は「工藤《くどう》くん、頭固いわね」と呆《あき》れられた。

「大地は、あーゆー男なの。一か月しか愛情が持たないの。もうビョーキみたいなものだから、仕方ないわ。私もそれを知った上で付き合い始めたんだし」

陽菜はあっけらかんとして言う。

「スポーツも一緒よ。今は頑張って修斗やってるけど、そろそろ飽きる頃合いじゃない？」

「だろうな」

「大地がずっと変わらず大切にしてるのは……工藤くんと、京本《きょうもと》くん。二人の友達だけね」

そうストレートに言われると、さすがに照れ臭《くさ》かった。啓介は視線をそらす。

「さっきね、大地、ものすごく嬉《うれ》しそうに言ってたわ。『啓介も一緒に修斗を始めたんだ！　いつもスパーリングを一緒にやってるんだよ！』って……悔しいけど、あんなに目をキラキラさせた大地を見たのは初めてよ。たぶん、初めてチームメイトができて、はしゃいでるのね」

チームメイト。大地にとって、そんなのは今までも大勢……そう言いかけて、やめた。

確かに大地は、今まで多くの部活や団体に所属してきた。どのチームでもエースだったことは疑いようがない。なにせ、全国優勝するほどの実力だ。大地がその競技を始めて数か月も経《た》てば、同じチーム内に本気を出せる練習相手すらいなくなったことだろう。

圧倒的な存在は、しばしば集団内で孤立する。たとえば恵まれた容姿とお嬢様としてのステータスを併せ持つ真冬《まふゆ》のように……。

啓介はその時、ふいに先ほど真冬の言っていた〝もやもや〟を思い出した。

――倉掛《くらかけ》さんが、工藤さんを殴ったり、蹴《け》ったりしているところが、どうしても想像できなくて――

……何か、言いようのない違和感を覚えた。

啓介《けいすけ》はいったん、頭の中を整理することにした。

話を聞く限り、大地《だいち》と陽菜《はるな》は和解している。彼女への気兼ねから試合に手を抜いたというのは、やはり考えにくかった。精神的に多少のやり難《にく》さはあったかもしれないが、だからといって蹴《け》りの威力が極端に落ちるはずがない。大地のパフォーマンスの悪化は、大地自身の意図的なものだったと考えるのが自然だ。

ならば、陽菜との関係とは別に、大地が試合で全力を出さなかった理由があるはずだ。

頭の中で状況を確認する。

関東大会の一回戦。

大地にとっては、流しても十分に勝てる初戦だ。

そんな試合で、大地は一体何を考えていた？

……難しく考える必要はない。啓介自身、対戦相手は異なるとはいえ、つい先ほどまで同じ一回戦のリングに立っていたではないか。

あの時、目の前の対戦相手の他に、見えていたもの——

一つしかない。

次の、二回戦。

チームメイトとの、初めての対戦だ。

「あいつは……俺と戦わないために、わざと……」

震える啓介の声に、陽菜は諭《さと》すように重ねた。

「大地の気持ち、汲《く》んであげてね？」

おそらく陽菜は、最初から大地の意図を察していたのだろう。

しかしそれは、できない相談だった。

啓介は腹の奥底から、赤銅《しやくどう》色に煮えた怒りの感情がこみ上げてくるのを覚えた。


医務室に入る時、啓介はノックをしなかった。

大地はベッドに仰向《あおむ》けで寝ている。テーブルの上にあるペットボトルやゼリー飲料は、真冬《まふゆ》が持ってきた見舞いの品だろう。

「白鳥《しらとり》さんは？」

「もう観客席に戻ったけど」大地は時計を見やって、怪訝《けげん》そうな表情になる。

「啓介もそろそろ、アップした方がいいんじゃない？」

啓介は大股《おおまた》でベッドに近づいた。怪我《けが》をしている人間に、手荒な真似《まね》はするべきではない。

それは頭では分かっているが、収まりのつかない感情もある。無言のまま大地の胸倉を掴《つか》み、上半身を無理やり引っ張り起こした。

「さっき負けたのは、二回戦で俺と当たらないためだ。違うか？」

大地《だいち》は何も答えず、薄く笑った。肯定していることは明らかだった。

襟元《えりもと》を掴《つか》んだ啓介《けいすけ》の右手に、力が入る。

大地レベルの選手が、素人に毛が生えた程度の啓介を瞬殺できなかったら、さすがに周囲には不自然に映る。だから大地は、少しでも自然に啓介との試合を避けようと、栗田《くりた》に負けることを選んだのだ。

「お前の目から見て、俺はそんなに頼りないのか？　壊すのが怖くて全力で蹴《け》れないほど、お前は俺を、もろく見積もっているのか？」

啓介にとってそれは屈辱だった。どんな敗北よりも惨《みじ》めさを覚えた。

――俺は、ずっとその強さに憧《あこが》れていた友人から、憐《あわ》れみを受けたのだ――

大地はかぶりを振って、ようやく口を開いた。

「ヒールホールドを仕掛けられた時、これを潰《つぶ》せば、次はいよいよ啓介との試合だって思った。言い訳させてもらうとね、僕は啓介のことを弱いなんて思ったことは一度もない」

だけど、と大地は続ける。

「想像しちゃったんだ。僕の左のミドルが、啓介のレバーを抉《えぐ》るかもしれない。右のハイで気絶させてしまうかもしれない」

大地は、済まなそうに小さく笑った。

「こんなところで、親友を失《な》くしたくなかったんだ」

二回戦では、啓介は終始ペースを相手に握られた。栗田の打撃はビデオで見た時よりもはるかに鋭く、細かい足運びや徐々に間合いを詰める技術も上手《うま》かった。ジャブと前蹴《まえげ》りで体力を削られ、一か八かで深く踏み込んだところに、絵に描いたようなカウンターをくらった。立ち上がろうとしたが、足が震えて動かず、カウントが終わる前にセコンドの上条《かみじょう》がタオルを投げた。

結果は一分二十五秒でKO負け。二つ目の白星は遠かった。

試合後に挨拶《あいさつ》に行くと、栗田は大地の容体を尋ねてきた。

「靱帯《じんたい》を少し痛めたみたいですが、重傷ではないと思います」と答えると、傍目《はため》にも安堵《あんど》した様子だった。リングから下りて眼鏡をかけると、格闘家には向かないとても優しい目を、駆け寄ってきた陽菜《はるな》に向けた。

啓介はドクターチェックのあと、真冬《まふゆ》と良太郎《りょうたろう》に応援に来てくれた礼を言った。啓介は上条の車に乗せてもらうので、電車で来た二人とはここで別れることになる。

「二回戦は残念でした。でも初勝利、おめでとうございます」

「大したもんや」

×

×

×

素直に勝利を喜べない心境ではあったが、応援のため小田原《おだわら》まで来てくれた友人たちの前でその感情を見せるべきではないと思ったので、笑顔で応じた。

ギターケースと業務用カメラをそれぞれ背負った二人をエントランスまで見送ると、啓介《けいすけ》はその足で医務室に向かった。すでに日は傾いていて、景色は長い廊下の窓から射しこむ夕焼けの淡い色に染められている。ふと、右足の爪先《つまさき》に違和感を覚えて、靴とソックスを脱いだ。親指の爪《つめ》がべろりと剝《は》がれかけていた。おそらく、先ほどの試合でローを蹴《け》った時に変な当て方をしてしまったのだろう。リングの上ではまったく気づかなかった。血の色を見た途端に痛みを感じ始めるのだから、おかしなものだと思う。

誰もいない廊下で、啓介は一人苦笑した。

俺は、自分の痛みもろくに感じ取れないような人間だ。

ましてや、他人の、気持ちなど。

真冬《まふゆ》は格闘者としての大地《だいち》に〝もやもや〟を覚えた。陽菜《はるな》は大地が負けた理由を最初から察していた。二人とも、結局啓介よりもはるかに正しく倉掛《くらかけ》大地という人間を見積もっていたことになる。

十年間、友人の何を見てきた？

長いリーチ、底なしの体力、タックルの技術。

そんなものは、倉掛大地という人間の、ほんの一面ですらないというのに。

自己嫌悪でも後悔でもない、単にほとほとあきれ返る思いで、啓介は深いため息をついた。

そして、一つの疑問が棘《とげ》のように胸に刺さる。


――大地が負けた理由を知ろうとしたのは、本当に、正しかったのだろうか――


負けた理由など分からなくても、それでよかった。大地は目的を達成できて、啓介も初めての一勝を手に喜んで家に帰れたはずだ。めでたしめでたしで、終わったはずなのだ。

その大団円を壊したのは、他でもない啓介だ。

案の定、見えた真実は、今回も綺麗《きれい》なものではなかった。友情と言うには歪《いびつ》に思えた。見なくてもいいものを見て、知らなくてもいいものを知ろうとする。好奇心と言えば聞こえはいいが、その浅ましさが、自ら怪我《けが》を負ってまで啓介のことを慮《おもんぱか》った友人を、さらに傷つけてしまった。ユリにも陽菜にも「変わった」と言われたが、結局本質的な部分で何一つまともになってはいないのだと、啓介は自省せずにはいられなかった。

啓介がノックしてから医務室のドアを開けると、ちょうど大地が帰り支度をしているところだった。

「試合結果、ジョーさんから聞いたよ。残念だったけど、ナイスファイト」

大地は啓介を認めると、屈託の無い笑顔で言った。

ふと、思う。

こと身体《からだ》を動かすことに関して、大地《だいち》は最強だ。誰よりも速く走り、誰よりも高く跳ぶ。しかし、先ほど大地は、自分が負けた理由について「弱かったから」と言っていた。

その矛盾《むじゅん》の意味を、啓介《けいすけ》は知りたいと思った。

「なぁ大地」

「うん」

「お前、どうして格闘技をやってるんだ？」

レスリング、走り高跳び、剣道、修斗。

これまで大地が経験してきた競技は、四つ中三つが格闘技に分類される。まさか適当に選んでいるわけではないだろう。

「強くなりたいからだよ」

そのシンプルな答えに、啓介は納得しなかった。

「馬鹿《ばか》言え。お前は十分に強いだろう？」

「どうだろうね」

大地は薄く笑う。ごまかしているというより、本当に分からないといった様子だった。

「相手を叩《たた》きのめすことが強さなら――勝ち続けて、勝ち続けて、てっぺんに立った時に見えるあの恐ろしく寂しい光景は、何なんだろう？　表彰台に立った時、みんなが遠巻きに、僕を怯《おび》えた目で見るのは、なぜなんだろう？」

ここに至って啓介は、ひどくいら立った。

大地に対して、ではない。自分のトラウマばかりに気をとられ、友人の苦慮に気づけなかった工藤《くどう》啓介という男の無神経に、腹が立って仕方なかった。

誰よりも早く走り、誰よりも高く跳ぶ。それはつまり、たった一人で走るということだ。他の誰も同じ光景を見ないということだ。

それが孤独ではなくて、一体、何だというのだ。

この時、啓介はようやく、倉掛《くらかけ》大地という男がその表向きの華々しさとは無縁の、荒涼とした風景に一人佇《たたず》んでいることを知った。

「……大地、もう一つ教えてくれ」

「うん」

「高校に入学してすぐ、俺、足の骨折ってただろ？」

「あったね、そんなこと」

「毎朝、お前に鞄《かばん》を持ってもらったよな。あの時、面倒とは思わなかったのか？」

大地は、悪だくみをするような笑みを浮かべた。

「思わなかったね」

「なぜだ？」

「こういう時に、バッグを持ってもらおうと考えてたからさ」

それは、実に啓介《けいすけ》好みの合理的な回答だった。

「なるほど」

啓介は手に持っていた自分のボストンバッグを肩にかける。そして大地《だいち》のリュックサックを、ひょいと鷲摑《わしづか》みにして持ちあげた。

第4話

さようなら、血まみれの悪魔

真冬《まふゆ》の指定した「ミロク」という店は、桜木町《さくらぎちょう》のシティホテルの二階にあった。廊下に面した壁が一面ガラス張りなので、外から中の様子を窺《うかが》うことができる。かなり賑《にぎ》やかな感じのする店だった。仕切りの無いホールにいくつかのテーブルとそれを囲むようにしてスツールが置かれている。ビアホール、というのだろうか。洒落《しゃれ》た洋食屋のような店を想像していたので、正直少し驚いた。高校生が入っていいものかと躊躇《ちゅうちょ》したが、酒を飲まなければ問題ないだろう。ドアを開けてからあらためて店内を見渡すと、土曜日の夜ということもあってか、ほとんどの席が埋まっていた。

薄暗い店内には、いくもの液晶テレビが壁に掛けられており、どれも同じサッカーの試合を映していた。どうやらJリーグのようで、マリノスとガンバの好カードだ。周囲を見ると、客の半数ほどはマリノスのユニフォームを着ている。マリノスの選手が倒されると示し合わせたように怒号を上げ、ガンバのゴールを脅《おびや》かすと大歓声が湧《わ》いた。土地柄当たり前だが、客のほとんどがマリノスファンらしい。サポーターのたまり場になっている店なのだろう。外国人の客も多く、英語が飛び交っていた。

しばらく入り口に突っ立っていても、店員は案内に来なかった。客や店員の動線を見ていると、どうやら中央のカウンターで飲み物や軽食を注文してその場で受け取り、好きな席に座るというシステムらしい。しかし立っている客も多く、どうにも落ち着かない。正直なところ、食事や会話が目的で来る雰囲気の店ではないと思った。真冬がこの店を選んだ意図を、啓介《けいすけ》は計りかねた。もしかしたらサッカーファンなのだろうか。

週末一緒に食事をしないかと啓介が誘われたのは、木曜日のことだ。

「実は、折り入ってお話ししたいことがあるのです」

放課後、彼女はあらたまった様子で、そんなことを言った。わざわざ休日に呼び出すぐらいだから、もしや――なんていう身勝手な想像をしなかったと言えば嘘《うそ》になる。「デート」という単語も一瞬脳裏に浮かんだが、一人で先走ってあたふたするのも馬鹿《ばか》らしいと思って、努めて意識しないことにした。おそらくはユリの時のように、誰かに引き合わせるつもりなのだろうと考えた。

……それにしては、人を紹介するのに向いた店とは思えないが。

「工藤《くどう》さん」

啓介が所在なく突っ立っていると、ふいに肩を叩《たた》かれた。振り返ると、相変わらず綺麗《きれい》に着飾った真冬がいた。袖《そで》の無い青のサマーニットがいかにも初夏らしい。学校では清楚《せいそ》な印象の美人だが、私服に着替えて眼鏡を外すと、洗練されて艶《つや》っぽい雰囲気になる。ノースリーブのニットから伸びた白く細い腕が、薄暗い照明のなかで石膏《せっこう》の彫刻めいて見えた。

「こちらです」

真冬は近くのテーブルに啓介を案内した。席はもう確保しているらしい。カウンターでコーラを注文すると、グラス千円という値段に驚いた。

「このような騒がしい場所にお呼び立てして、申し訳ありません」

席につくなり、真冬《まふゆ》は小さく頭を下げる。豊かな黒い髪が、店内の暗い照明の中に溶けていた。

「マリノスのファンなんですか?」

「そういうわけではなくて、ですね」

突然、彼女が啓介《けいすけ》に顔をよせてくる。あとほんの少しで鼻と鼻が触れそうな距離にまで迫った。

「しんとした場所より、こういう雑然とした雰囲気の方が、内緒の話をしやすいのです。あくまで気分の問題ですが」

耳元に吹きかけられる掠《かす》れたウィスパーボイスと、香水の甘い匂《にお》いが、頭を痺《しび》れさせる。

「……白鳥《しらとり》さん?」

その時に色っぽい展開を想像しなかった、といえば嘘《うそ》になる。しかし真冬は、ぽかんとする啓介をおかしそうに見て、「むかし、とても大切な友人から、そう聞いたのです」と微笑《ほほえ》んだ。

「ここは思い出の場所です。よく、その友人に連れてきてもらいました」

真冬は周囲を見渡して、店内を満たすその喧噪《けんそう》すらも懐かしそうに、目を細めた。

「ところで、倉掛《くらかけ》さんと京本《きょうもと》さんとは、お知り合いになってどのくらいになるんですか?」

彼女にしては珍しく、脈絡の無い質問だなと思った。

「二人とも、小学校一年生からの付き合いですから——もう十年来の腐れ縁です」

「では、三人は親友ですね」

真冬は嬉《うれ》しそうに言う。

親友……どうだろう。啓介は思案した。

啓介はもともと広く浅い人付き合いをするタイプではない。本心はともかく表面上は波風を立てず上手《うま》くやる、というのができないのだ。中学時代、啓介は相手が先輩だろうが教師だろうが、謎《なぞ》の匂いを嗅《か》ぎとると、隠された真実を明らかにせずにはいられなかった。だからこそ運動部の組織的な体罰を暴《あば》いて記事にした挙句、空手部とレスリング部と柔道部とボクシング部の先輩たちをまとめて敵に回すなどという馬鹿《ばか》げた伝説を、地元の中学に残してしまった。

しかし、立ち振る舞いが下手で悪いことばかりでもなかった。武闘派の上級生十数人に真正面から突っかかっていった馬鹿の味方をするのは、同じぐらいの馬鹿しかない。そんな奇特なやつは全校で二人しかいなかったが、その二人については、状況次第で手のひらを返すような人間ではないと知ることができた。それはつまり、信頼、というやつなのかもしれない。

上級生に目をつけられた時も、大地《だいち》の格闘スキルと良太郎《りょうたろう》の情報力のおかげで、何とか乗り切ることができた。いわゆる沼田《ぬまた》中三バカ伝説である。

「まぁ、親友と言えば、そうかもしれませんね」

真冬は深く頷《うなず》いた。

「大事になさってください」

そして彼女は、宝物を自慢する少女のような表情になった。

「実は、ですね。私にも親友と呼べる人が、いたんです」

桜綾子《さくらあやこ》。

その名前を、真冬《まふゆ》は愛《いと》おしげに呼んだ。


私がモデルの仕事をやっていたのは、中学二年から高校一年の秋にかけてです。モデルの人たちの中には、自分が選ばれた特別な人間なんだと思いこんで、わざと奇矯《ききょう》に振る舞ったり、子供のようなわがままを言う人もいます。今になって思い返してみると、笑ってしまいますね。容姿の美しさはしばしば花に喩《たと》えられますが、花はいつか枯れて散るものです。例外はありません。モデルとして大成するための条件は、はっとするほどの美貌《びぼう》でも服のセンスでもなく、花の色の移りゆく早さを知っていることではないかと、そんな風流めいたことを最近よく考えます。

綾子はおそらく、そのことに気づいていました。仕事で一緒になった、自分たちが若く美しいというそれだけの理由で傲慢《ごうまん》にふるまうモデルの人たちに、たまにぞっとするほど冷ややかな笑いを向けていたのを今でも覚えています。

「なぁマユ。私たちの仕事は見られることだ。同性からは羨望《せんぼう》を、異性からは欲望を向けられることだ」

それは綾子の決め台詞《ぜりふ》と言いますか、声をかけてくる男の人たちを追い払ったあとや、敵対する人たちと対峙《たいじ》する前に、決まって口ずさんでいた言葉です。

「だから連中は、私がにらみ返した時に、ビビっちまうのさ！」

学校でも仕事でも、綾子と一緒にいる時間が徐々に増えていきました。モデルという新しい世界を見せてくれたのが綾子なら、その暗がりにひそむ善良ではない人たちから私を守ってくれたのも、また綾子です。マッサージ店の名刺を持った男の人たちから声をかけられた時、撮影場所がホテルの一室という怪しげな仕事を依頼された時、断ってくれたのは綾子でした。「お姫様を守るのは、無私の騎士たる私の役目だから」と、いつも笑って。

高校生になった頃から、私は綾子に連れられてクラブに通うようになりました。西口にある「アンデルセン」というクラブです。そこにいた綾子の友人だという方々は、皆さん、お話がとてもおもしろく、振る舞いも紳士的でした。私はそういう場所にほとんど行ったことがなかったので、賑《にぎ》やかな雰囲気を最初は苦手に感じていたのですが、徐々に慣れていきました。

周囲には、「あそこにはあまり近づかない方がいい」と忠告してくれる人もいました。しかし私は、「アンデルセン」で仲良くなった人たちを疑いたくはありませんでした。確かに、一般的にあまり好まれないような職業についている人もいました。しかし「アンデルセン」の人たちは、誰一人として、私を「白鳥《しらとり》」の家の長女とは見ませんでした。過剰に気を遣うことなく、ただの一人の女の子として接してくれたのです。私はそのことを、嬉《うれ》しく思っていました。

事の発端は、今から一年と半年ほど前の、九月三日のことです。正確な日付まで記憶に残っているのは、その日が私の誕生日パーティーの翌日だったからです。その一週間ほど前から、私は夏風邪を引いていました。綾子《あやこ》が「アンデルセン」を貸し切って誕生パーティーを企画してくれたのに出席することができず、とても申し訳なく思ったのを覚えています。

その九月三日、朝から熱があったので、私は学校を休みました。とはいっても病院に行くほどではなく、ベッドで安静にしていました。家にはお手伝いさんがいたので、昼はお粥《かゆ》を作ってもらいました。何の変哲もない、風邪で学校を休んだ日の、ゆるやかで静かな時間でした。

午後の一時を回ったころでしょうか。

父が突然、玄関から飛び込んできました。今までに見せたことのない、鬼のような剣幕でした。もともと躾《しつけ》には厳しい父でしたが、その時の激昂《げきこう》はただごとではありませんでした。いきなり「携帯電話を出しなさい！」と怒鳴りつけられて驚いたのを、今でも覚えています。事情を尋ねられる雰囲気ではなかったので、私は素直にスマートフォンを渡しました。

父は私の手からスマートフォンをひったくるように奪い取ると、こう言いました。

「遊び仲間とは、連絡をとってはいけない。モデルの仕事をやめなさい」

あまりに突然の宣告でした。

「それと、明日から一週間、家にいなさい。学校にも行ってはいけない」

さすがに、はい分かりましたと承服できるものではなかったので、私は説明を求めました。モデルの仕事は、最初にやりたいと言い出した時こそ強く反対されましたが、「真冬《まふゆ》の社会勉強のため」という母の口添えもあって、ちゃんと認めてもらっていたはずです。それをいきなり反故《ほご》にされるのは、納得のいかないことでした。

しかし父は、とにかく言うことを聞きなさいの一点張りです。ただ、父と教頭の岡本《おかもと》先生は大学時代の同期で、親しくしていたようでしたから、二人が私の知らないところで話し合って決めたことなのだろうとは察しがつきました。

私は理由を聞くことを諦《あきら》めて、せめて綾子に連絡を取らせてほしいと頼みました。一週間も学校を休んだら、きっと綾子が心配すると思ったからです。

父は、綾子の名前を聞くと様子が変わりました。それまでの激昂が嘘《うそ》のように収まり、しかしそこに見えたのはいつもの厳格な父ではなく、感情を零度まで殺した、ぞっとするほど冷たい表情でした。今にして思えばあれが、大切なもののために、大切でないものを切り捨てる、政治家としての父の顔だったのかもしれません。

「あの子とは、もう二度と、話してはいけない」

そんなこと、できるはずがありません。綾子とは親友で、モデル仲間で、同じクラスなのです。そのことを言うと、父はこともなげに言いました。

「可哀《かわい》そうだが、あの子はおそらく退学になるだろう。おまえは何も気にするな」

まさか、と思いました。

理由も無く退学になるはずがありません。綾子《あやこ》に、当時後ろめたいことが一切無かったとは言いませんが、退学になるような重罪を犯したという心当たりはありませんでした。

……そして、長い一週間が経《た》ちました。

久しぶりに登校すると、綾子の席は、教室のどこにもありませんでした。


「それから私は、綾子が退学になった理由をクラスメイトに聞いて回りました。しかし誰も、それぞれがおもしろいと思う噂話《うわさばなし》を口にしているだけで、誰も本当のことは知らないようでした」

「教師には聞いたんですか？」

真冬《まふゆ》は弱々しく頷《うなず》く。

「ただ、何も話してはくれませんでした。そもそも、教頭先生と校長先生以外には、情報が回っていないようでした。分かったのは、綾子は九月十日付けで退学処分になったということだけです」

情報管理は徹底していたようだと、啓介《けいすけ》は思った。

やはり綾子は、表向きはその理由すら公表されず、退学処分が下されていた。罰は言い渡されたのに、罪状は読み上げられない。これはイレギュラーなやり方だ。歴代の海新《かいしん》高生で退学になった他の三人については、その理由が生徒会の資料にまで残されているというのに。

単純に考えれば、こうなる。海新高校の上層部は、綾子が犯した退学に値する罪を世間の目から隠そうとした——それはおそらく、綾子のためというより、学校自体のスキャンダルに発展させないためだろう。

「手掛かりと言えるものは、以前にお見せしたこのはがきだけです。綾子が退学になったあと、最初に登校した時に、机の中に入っているのを見つけました」

真冬はテーブルの上にはがきを置くと、『Good bye, Bloody Demon』の一節を見つめた。

そして視線を上げる。澄んだ琥珀《こはく》の瞳《ひとみ》がまっすぐに啓介をとらえた。

「工藤《くどう》さん。折り入って、お願いしたいことがあります」

テレビの中ではマリノスの選手がゴール前で倒されて、ＰＫの権利を得た。店内は大いに沸き、奥の方に陣取っている大学生風の集団が絶叫する。

真冬は、自身の声が周囲の歓声にかき消されないよう、さらに顔を啓介に近づけた。あと少しで本当に唇が触れそうだった。

ここまで近いと、もう、目をそらすこともできない。吸い込まれそうな、美しい琥珀色の瞳に、啓介は息を飲んだ。

「綾子が退学になった理由と、このはがきに綴《つづ》られた言葉の真意を、一緒に考えてください。

私がこの一年半ずっと抱いている〝もやもや〟の奥にある真実を、教えてください。お願いします」

真冬《まふゆ》は深く低頭する。

「……桜《さくら》さんは、今も横浜《よこはま》に？」

真冬は首を横に振る。

「退学処分が決まった後すぐ、ご両親の実家がある福岡に引っ越したそうです。連絡先は、手を尽くして調べたのですが、分かりませんでした」

甘い香水の匂《にお》いが、啓介《けいすけ》の鼻孔をかすめる。高鳴るような胸のざわめきをおさえながら、努めて冷静に、啓介は思案した。

今回は、軽はずみに引き受けていい依頼ではない。

これは、桜綾子《あやこ》という人間が過去に犯したであろう、一つの罪に関する問題だ。責任は軽くない。下手な動き方をすれば、他人の過去を暴《あば》き立ておもしろおかしく触れ回る、ただの野次馬と同じことになる——かつての自分のように。

テレビの中から、長いホイッスルの音。

歓喜の叫びが店内を満たす。どうやら、マリノスが勝ったらしい。スコアは二対〇だった。明らかにガンバ寄りのコメンテーターが、むすっとした声でその試合結果を報じている。

「……工藤《くどう》さんに助けていただくのは、これが三度目です」

啓介は慎重に考えていただけなのだが、その沈黙を、真冬は別の意味にとったらしい。

「今回は、お礼をさせてください」

啓介は慌《あわ》てた。

「俺はべつに……そんな」

「分かっています。工藤さんは、とても優しい人です。これまでも、何の見返りもなしに私やユリさんを助けてくれました」

見返りなんていうのは、これまで考えもしなかった。啓介は今までも最終的には自分の意思で、トラブルに関わってきたのだから。

「ただこれは、私自身の、とても身勝手なお願いです。ノートの時とは違い、差し迫って困っているわけでもありません。本来なら自分で解決するべき個人的な問題を、啓介さんに頼むのですから、相応のお礼はさせてください」

真冬の言葉を聞いて、啓介は少したじろいだ。彼女がこの件にかける思いは、並大抵ではない。となれば、なおさら軽はずみには受けられないと思った。

何より、過去の事件や他人の心のうちを詮索《せんさく》するということの後ろめたさを、啓介はよく知っている。

好奇心は、しばしば悪意にも比する。

「一つ訊《き》いても……いいですか」

「はい」

彼女の瞳《ひとみ》には不安の色があった。啓介《けいすけ》が依頼を受けるのか、あるいは断るのか。そのことを気にしているに違いない。

しかし啓介が考えているのは、また少し別のことだった。

「知って——どうするんですか？」

真冬《まふゆ》は、不意をつかれたような顔をする。

「仮に俺が、桜《さくら》さんが退学になった本当の理由を突き止めたところで、情報が正しくアップデートされるというだけです。それに過去を掘り返せば、見たくないものや知りたくなかったものも、出てくるかもしれません。学校側の抵抗にも遭うでしょう。あるいは当時の関係者に迷惑をかける可能性だってあります」

別に意地悪をしたいわけではない。

ただ啓介には、これから真冬のやろうとしていることに、苦労に見合うだけの見返りがあるとは思えなかった。

受験を控えた高校三年の貴重な時間を使ってまで、友人の「退学」という暗い過去を暴《あば》く——その結果はおそらく、楽しく笑えるものではないだろう。親友と思っていた人物の、目を覆うような悪行の数々が明らかになるかもしれない。知らぬが仏、ということも十分ありうるのだ。

「真実なんてたいてい、綺麗《きれい》なものじゃありません。……見なくてすむなら、見ない方がいい」

真冬は、ゆっくりと頷《うなず》く。

「工藤《くどう》さんの、言う通りです。これから私のやろうとしていることは、確かに、あまり褒《ほ》められたものではありませんね」

暗い店内に、彼女の雪のように白い肌がさえる。ニットで強調された細い肩と豊かな胸のラインが艶《なま》めかしかった。直視していると、彼女の言うこと全てに頷いてしまいそうで、啓介は視線をそらす。

「綾子《あやこ》は私の恩人で……人生でたった一人の、親友です。綾子と出会わなかったら、私はきっと、どこかでダメになっていました。学校にも来なくなっていたかもしれません」

だからっ、と真冬は続ける。彼女にしては珍しく、語気に押し出すような力強さがあった。

「綾子を信じられなかったら、私は世界の誰のことも、信じられなくなってしまいます！　私の知っている綾子は、誰よりも誇り高くて、不正や理不尽を頑としてはねつける、芯《しん》の強い人でした。その綾子が、退学という重すぎる処分を受け入れた理由を——戦わず背を向けて教室から立ち去った理由を——私は知りたいのです」

「……」

加奈《かな》の時と同じだと、啓介は思った。

彼女の琥珀《こはく》色の瞳に宿っているのは、果たして、かつて啓介を突き動かしていたような、無軌道な好奇心ではない。

傷を負うことを厭《いと》わず、打算も恐れもなく、物事をありのままに見ようとする強い意志が、そこにはあった。きっと彼女は、最後に見えた真実が何であれ、受け入れるに違いない。

……ふと、思う。真冬《まふゆ》はこの件について、誰かれ構わず適当に頼んで回っているわけではないのだろう。彼女は事情を説明するにあたり、自分自身の過去を包み隠さずに話した。家族でもない、会ってたった一か月の他人にそれを語るのは、ある種の決意が必要だったはずだ。ならば啓介《けいすけ》も、相応の誠意を示そうと思った。どだい自分に探偵の素質があるとは思わないが、その自信の無さをもって彼女の覚悟をかわすのは、啓介を信じて話してくれた真冬への裏切りになる。

「……できることは、やってみます」

真冬は、ありがとうございますと、目を閉じて言った。


店を出たあと、大通り沿いに駅に向かって歩きながら、真冬は一年半前の騒動について補足をした。

綾子《あやこ》が正式に退学処分を受けたのは、九月十日だったという。これは真冬が登校を再開する前日だ。偶然というより、真冬と綾子が顔を合わせることがないよう、真冬の父親と教頭が内々で調整したと見るべきだろう。真冬の父親は娘に火の粉が飛ぶことを恐れていたし、教頭としても騒ぎが拡大することを防ぎたかった。いずれにせよ、せっかく綾子一人の退学で済みそうなのだから、事態が収束するまで真冬には学校に出て来てほしくない。両者の利害は一致している。

「今回のことは、誰にも言わない方がいいですよね？」

別れ際、啓介は調査の方法について確認した。綾子が退学処分を受けたのは、啓介が海新高《かいしん》校に入学するより半年以上前のことだ。教師や上級生に話を聞けば、より詳細な情報が摑《つか》めるかもしれない。しかしこれは、真冬自身の過去に深く関わる問題でもある。言いふらすような真似《まね》はできないと思った。

真冬は数秒の逡巡《しゅんじゅん》のあと、「工藤《くどう》さんの信頼できる方であれば、構いません」と言った。

「いいんですか？」

「私だけ無傷でいようとするのは、虫が良すぎますから」

真冬の態度は潔く見えて、しかし少し投げやりというか、あえて傷を負おうとしているように思えた。

まるでそれが、友人が学校を追われていく時に何ひとつできなかったことへの、遅すぎる償《つぐな》いだと言うようだった。

×　　×　　×

家に帰ったあと、ベッドに寝そべりながら、啓介《けいすけ》は考えた。

これは盗聴器の時にも思ったことだが、暗号の解読に必要なのは、パズルを解く能力よりも状況の正確な把握だ。状況が特定できれば、そこから発信されるメッセージにも大体見当がつく。仮定した内容から逆算して解読方法を見つけるのが、実は一番手っ取り早い。

啓介は机の上に置いてあるはがきに視線を向けた。このはがきが残されていた状況を、啓介は頭の中で整理してみる。

——突然の退学——

——学校側はその理由を隠している——

——親友への手紙——

——机の中に忍ばせておいた——

単純に考えれば、自分が退学になった理由を親友である真冬《まふゆ》に伝えようとした、ということろか。「Good bye」という表現からも、そう連想することは容易《たやす》い。しかし、メッセージを暗号にする理由が分からない。

暗号とはそもそも、特定の相手以外には情報が正確に伝わらないようにする一種の妨害工作だ。はがきを机の中に入れておくだけでは、誰かが勝手に読んでしまうかもしれない。それを警戒して暗号を用いたというのは、発想としては突飛だが、理解できないというほどではない。しかしその前提として、真冬が暗号の解読方法を知っている必要がある。誰も解読できない暗号は、無意味な記号の羅列でしかない。事実、『Good Bye, Bloody Demon』という意味深な英文に込められた真意は今なお真冬に伝わっていないのだ。これでは手紙を書いたかいがない。退学になった理由は親友に伝わらず、その声は虚《むな》しく闇《やみ》に掻《か》き消《き》えてしまう。

「退学、か」

その処罰の重さを、啓介はあらためて考える。法的な刑罰ではないにしろ、十五～十六歳の少女にとって、強制的に学校を辞めさせられるというのは想像を絶する痛みだろう。高校生には、学校が世界の八割だ。学校から追放されることは、世界から「お前はいらない」と拒絶されるようなものかもしれない。

釣り合った天秤《てんびん》の片方に「退学」という重い罰が載っているとして、もう片方の皿には、一体どんな罪が載っているのか？

高校生が犯す罪として真っ先に思い浮かぶのが、飲酒と喫煙だ。しかしそれは、過去の判例と矛盾《むじゅん》する。海新《かいしん》高校において退学は、悪質な犯罪行為を働いた者か、社会から要請される規範から大きく逸脱した者にのみ適用される処分だ。

次に啓介が考えつくのが、暴力行為ないし派手な喧嘩《けんか》あたりか。実際、綾子《あやこ》は折り合いの悪い同級生と何度か小競《こぜ》り合《あ》いを起こしたらしい。真冬に危害を加えようとした男を格闘技で撃退したとも聞く。相手が重傷を負った場合には、退学にもなり得るだろう。

しかしこれは、生徒が誰も綾子《あやこ》の退学に関する事情を知らないという状況と矛盾《むじゅん》する。綾子の犯した罪が、傷害や窃盗など明確な被害者が出るようなものであったなら、学校側もその事実を隠しきれなかったはずだ。なにせ、加害者側の処分が退学である。傷害なら相手に後遺症が残ったとか、窃盗なら数十人の財布を盗んだとか、そういうレベルのはずだ。警察も動いたに違いない。そうであれば、さすがに周囲も事情に感づいただろう。

次は、綾子が女子生徒だったという点に注目してみる。まさか異性との交際ぐらいで退学にはならないだろう。海新《かいしん》高校は、基本的にそういった面にはおおらかだ。カップルで授業を抜け出して屋上で不埒《ふらち》な行為に及ぶとか、そういう問題を起こさない限り、男女交際が処分の対象になることはない。

「しかし、まっとうな交際ではなかったら?」

たとえば、相手が年上の男性で、なおかつ金銭のやり取りが発生していた場合。これは法律にも抵触するし、もし新聞や雑誌で騒ぎ立てられたら、海新高校という県下有数の進学校にとって大きなイメージダウンにつながる。学校側が徹底して隠そうとするのも納得できた。また、交際相手の男性にしても後ろ暗いところがあるわけだから、進んで警察に事情を話したりはしないだろう。すなわち、関係者以外には情報が漏《も》れにくい。状況に矛盾はないように思えた。

もちろん、状況と矛盾しないからといって、それが正解であるという保証は無い。話によると綾子は、真冬《まふゆ》の美貌《びぼう》に引き寄せられてくる怪しげな連中を追い払っていた。そういう警戒心のある人物が、援助交際などというリスクを冒すだろうか？　何より綾子は、「見られる性」としての自分自身について、ひどく醒《さ》めた、メタ的な意識を持っていた。自分を性の商品にしようという発想とは、対極にいたという気がする。

……これについては、何も言えない。啓介《けいすけ》は、綾子という人間について、ほとんど何も知らないのだから。

考えてみれば、暗号の解読には状況の把握の他に、発信者の人格からメッセージを推測していくというアプローチもある。情熱的なのか冷静なのか、理想を追うのか目の前の実利を取るのか、そういった性格や価値観を分析することで見えてくるものもあるだろう。

しかし、綾子は既にこの街にいない。コンタクトの手段もない。ならば、彼女の人格を知る方法は大きく二つだ。綾子と面識のある人物から話を聞くか、彼女自身が書き残した日記や手記を読むか。

まず、前者については厳しい。群れることより孤高を尊ぶ綾子の性格を考えると、真冬以上に彼女のことをよく知る人物を見つけるのは、簡単ではないだろう。

では、後者はどうだろう。当然、綾子の日記や手記を探すあてはない。存在するかどうかも分からない。

しかし一つ、見ておきたいものがあった。

× × ×

週明けの昼休み、啓介《けいすけ》は美術室に向かった。C棟の三階を西に向かって歩いているだけで、油絵の具の匂《にお》いが強くなっていく。芸術系の授業では書道を選択しているので、美術室に立ち入ったのは入学直後に美術部の見学に行った一回だけだ。部の雰囲気は悪くなかったが、部員が多かったので結局入部はしなかった。

美術室には、窓際に一人佇《たたず》むダビデの石膏像《せっこうぞう》を除いて、誰もいなかった。教壇の上で粘土細工の猫が昼寝している。西側の壁を見ると、記憶にあった通り、これまでにコンクールで上位入賞を果たした在校生の油彩作品が展示されていた。

啓介は近づいて、作品を一つ一つ見ていく。

バラエティ豊かだった。机の上に置かれたみずみずしい果実、芝生を楽しそうに駆け回るシベリアンハスキー、山奥のゴミ処理場らしき風景。微《かす》かな笑みを浮かべて田舎道のバス停に佇むお地蔵様が、啓介は一目で気に入った。

一番端に展示された作品を見て、啓介は「これだな」と呟《つぶや》いた。8号キャンバスに描かれた、明らかに現実ではない、幻視の風景。

幻想画、というのだろうか。しかし中学の美術資料集に載っていたシュールレアリスムとかいう悪夢めいた印象の絵画とは違い、テーマは一目で分かる。

『ヘンゼルとグレーテル』だ。

モデルとなっている場面は、夜の森に迷い込んだ二人がお菓子の家を見つけたところだ。ヘンゼルとグレーテルはそれぞれ、ピクトグラムのようにデフォルメされて描かれている。しかし身にまとっている服の粗末さと、痩《や》せ細った手足が妙に生々しい。

「――上手《うま》い」

啓介は素直にそう思った。画面の左側にあるお菓子の家は、色とりどりのキャンディーやフルーツ、クッキーやチョコレートによってメルヘンチックに彩られている。現実味など完全に無視した――いや意図的に排除したのだろう――おとぎの国の建造物だ。幼い子供たちの空想からそのまま切り取ってきたようだった。ヘンゼルとグレーテルは、この時まさにお菓子の家を見つけたようで、手をつないで駆けだしている。

一方で、画面の右側、すなわちヘンゼルとグレーテルが背を向けている夜の森は、どこまでも陰惨だ。屹立《きつりつ》する木々の幹の模様はまるで苦悶《くもん》する人の顔のようで、果実や花はただ一つも無く、満月は血の色に似た深紅で塗られている。暗い森の奥には、よく見ると無数の微かな人影が浮かび上がっているのだが、それぞれ首が長すぎたり胴体と顔のバランスがおかしかったり、この世の住人ではないように思えた。画面の端には白骨まで落ちている。

「それ、気に入った？」

背後から声をかけられる。振り返ると、いつからいたのか、美術教師の萩谷《はぎや》が立っていた。四十歳前後で独身、腰まで伸ばした黒髪がなんだか魔女めいていて、いつも教師とは思えない派手な服を着ている。今日はヒョウ柄のワンピースだった。

「良い絵ですね」

「ええ、私も好きよ。でも教頭には外せって言われてるの。描いた子がなんかやらかしたみたいで。ま、無視しちゃってるけど」

だいたい、人格者の描いた絵しか展示しちゃいけないなんて決まりができたら、世界中の美術館はぜんぶ一斉に閉館よと、萩谷は皮肉っぽく笑った。

「ところで、あなた確か、美術部の見学に来た子よね？　入部希望かしら。うちは二年入部でも歓迎するわよ」

「いえ、実は俺、ジャナ研なんですけど……」

こういう場合にごまかす手段は用意してきた。部室から持ってきた『波のこえ』の最新号を萩谷に見せる。

「ご存じかもしれませんが、こういう新聞を発行してます。来週号の特集で、この絵の特集記事を書こうと思って。描いた人のクラスとか、知ってますか？」

萩谷は、「残念ね、もういないわ」と淡々と言った。絵はともかく、生徒にはあまり興味がないらしい。

「退学ってことですか？」

「そうね、事情はよく知らないんだけど」

カマをかけてみたが、反応は薄い。萩谷はこういうことで嘘《うそ》をつくタイプではないという気がする。やはり綾子《あやこ》の退学については、教師の中でも情報統制が利いているらしい。

「あ、でも」萩谷は、ふいに何か思い出したようだった。

「その子のことを知りたいなら、私に訊《き》くより、ジャナ研の昔の資料をあさった方が早いかもね」

「ジャナ研の？」

啓介《けいすけ》は驚いた。まさか、ここでジャナ研の名前が出てくるとは思わなかった。

「水村《みずむら》くんがね、あなたと同じで『ヘンゼルとグレーテル』をすごい気に入ったの。それで、これを描いた子に解説文を寄稿してもらうんだって息巻いてたわ。実際に記事になったかどうかは知らないけど」

一瞬、何か超自然的な力によって、自分の行動が前代の部長によって操られているような、そんな錯覚を覚えた。こんな偶然があるのだろうか？

「それ、いつのことか覚えてますか？」

「確か……一年半前ね」

ということは、啓介がまだ海新《かいしん》高校に入学する前だ。

水村《みずむら》が二年生で、真冬《まふゆ》や綾子《あやこ》がまだ一年生の時である。

しかし、おととし発刊のバックナンバーについては一通り目を通したはずだ。『ヘンゼルとグレーテル』について触れたような記事は無かったと思う。では、結局記事にはならずに終わったのだろうか?

いや……。

卒業式の日に、水村が言っていたことを思い出す。

ジャーナリズムの道に惑《まど》ったら、図書室の書庫に保管してある『波のこえ』のバックナンバーを見たまえ――

今までに啓介《けいすけ》が読んだバックナンバーは、全て部室に置いてあったものだ。

あの変人水村がやることだ、もしかしたら……。

ちらりと時計を見ると、昼休みが終わるまで三十分ほど余裕があった。図書室の書庫に寄るだけの時間はある。

「ありがとうございます」

「ええ」

礼を述べて美術室から出ていこうとする啓介に、萩谷《はぎや》は「ねえ」と声をかけた。

「あなたが、今の編集長なのよね？」

「はい」

とは言っても部員は目下、編集長とカメラマン兼エッセイストの二人しかいないが。

「頑張りなさい。私の知る限り、『波のこえ』の歴代編集長で穏やかな学校生活を送れた子は、一人もいないわ」

萩谷は予言する魔女めいた笑みを浮かべて、「ただの一人も」と繰り返した。

「……不吉なこと、言いますね」

「あなたが足を踏み入れた、混沌《こんとん》と波乱の日々に、幸あれ」

×　　×　　×

啓介が図書室に入ると、席は八割方が空いていた。放課後はともかく、昼食時間を除けば四十分程度の休み時間に図書室を訪れる生徒はあまりいない。海新《かいしん》高校の場合、図書室の利用目的は読書よりも自習が多数派だった。少し足を延ばせば市内で一番大きな図書館があるため、小説でも新書でも本を借りたい時はたいてい、そちらに行く。

貸し出しカウンターには、一人の男子生徒が座っていた。図書室の書庫から本を捜してきてほしい旨を啓介が伝えると、露骨に嫌《いや》そうな顔をする。

「……じゃあ、代わりに俺が捜します」

そう申し出ると、男子生徒は机の中から鍵《かぎ》を取り出して、啓介《けいすけ》に渡した。図書室の書庫に入るのは初めてだが、まぁ何とかなるだろう。

図書室の書庫は、電気をつけても薄暗かった。蛍光灯の半分近くがすでに虫の息で、薄ぼんやりとした白濁《はくだく》の光をスチール棚の陰に落としている。

部屋の広さは十畳ほどだろうか。郷土史やOB会報のバックナンバーといった、なるほど誰も読まないだろうと納得できる本たちが無機質な棚の奥でうずくまっている。誰からも顧《かえり》みられなくなった書物というのは、見ていて何となくわびしい。いっそ捨ててしまった方が、と思う一方で、活字記録を保存するのは人間が有史以来に獲得してきた習性の一つだという気もした。

文字にして、残す。あるいは伝える。その行為は常にどこか呪術《じゆじゆつ》めいている。それが暗号であれば、なおさらだ。

啓介はまず、埃《ほこり》っぽい室内を一周歩き回ってみる。蔵書は一応分類されて収められていることが分かった。各部活が発刊した文集や会誌のたぐいは、入り口から見て左側手前の書棚に並んでいる。『幻想・ホラー文学研究会年間傑作選』の血文字を連想させるおどろおどろしい背表紙から始まり、次は『蹴球部《しゆうきゆうぶ》熱闘録　俺たちのフィールド』と題された、見ているだけで暑苦しくなってくる冊子。どうやら五十音順には整理されていないらしい。随分いい加減な管理だなと一瞬思ったが、滅多に人の立ち入らない図書室の書庫で整理整頓《せいとん》を徹底することが、費用対効果に報いるかどうかは怪しい。優先順位の低い仕事を放っておくことは、合理的な判断だ。

　書棚の左上から順に捜していくと、目当ての冊子は数分で見つかった。『波のこえ　縮刷版』は一九八一年号から二〇一五年号までが並んでいる。それ以前のものについては、この書庫には保管していないようだ。装丁を一瞥《いちべつ》したところ、部室にあるバックナンバーと変わらないように見えた。

　啓介は『波のこえ　縮刷版』の二〇一四年号をぺらぺらとめくっていった。内容は硬派なものから冗談めいた企画まで幅広く、中には「バスケ部顧問大沢《おおさわ》教諭のセクハラ問題検証」、「暴走族突撃取材　若者の心の闇《やみ》」といった、学生新聞としてはいささか思い切りの良すぎる記事もある。さすがは水村《みずむら》だと、あらためて思った。

　分厚い冊子のちょうど真ん中あたりで、ページをめくる指が止まる。ノートの切れ端が挟まっていたのだ。鉛筆の芯先《しんさき》を圧《お》しつけて書いたような力強い筆致で、びっしりと文字が並んでいる。

　それは、何やら剣呑《けんのん》な書き出しで始まっていた。

『波のこえ』九月第二週号については、学校当局から発行差し止めの要請があった。愚かなる岡本《おかもと》教頭はその一切の理由を示さなかったが、状況は明白であり、要するにいま渦中の人である桜綾子《さくらあやこ》君の執筆した記事が本紙に載ることが気にくわないのだろう。彼らにジャーナリズムを理解しろとは言わない。猿に三角関数を教えるほどのチャレンジ精神を、僕は毛ほども持ち合わせていないのだから。

さて、僕は当初、学校当局による勧告など一切無視して第二週号を発刊するつもりだった。学校のコピー機を使わせぬと言うのなら、コンビニに十円玉を五百枚ほど持ち込んで印刷するまでだ。なおも愚かなる当局が実力行使でジャーナリズムの発揮を妨げるというのなら、戦う準備もできていた。いざとなれば、屋上から新聞を撒《ま》いてもいい。真実を広く伝える方法など、有史以来いくらでもあるのだ。

しかし、状況は変わった。すでに第二週号の発刊は叶《かな》わない。我々の記事がついぞ読者の手に渡らなかったことは誠に残念ではあるが、事情を鑑《かんが》みればやむを得ないだろう。沈黙もまた、一つのジャーナリズムだ。

なお、ジャナ研代々の伝統に則《のっと》って、図書室書庫に保管する縮刷版にのみ、幻となった第二週号を掲載することとした。本来なら燃やすべき原稿ではあるが、綾子君の言葉を灰にして闇《やみ》に葬ることが、僕にはどうしてもできなかった。

掲載の快諾《かいだく》に感謝する。

編集長　水村零時《みずむられいじ》

世の中に対して斜に構えているのに、皮相的に見えないのは一つの芯《しん》が通っているからだろう。やや芝居のかかった大仰《おおぎょう》な文章に、逆説的な親しみを覚えた。

綾子の寄稿文は、次のページにあった。

その見出しを見て、啓介《けいすけ》は固まった。

『Good Bye, Bloody Demon』

皆さんは、童話やおとぎ話っていうものにどんな印象を持っているだろうか？

おもしろい、かわいい、子供だまし、説教くさい、破天荒、ありえない、エロい、動物虐待反対……。

もちろん正解なんてものはないし、どんな童話を思い浮かべるのかで、印象も変わってくるだろう。ただ、多くの人がおとぎ話を読んだあとに抱く感想として、「残酷」とか「可哀《かわい》そう」という負のイメージが、少なからずあるのではないだろうか？

前者で言えば、カチカチ山、赤ずきん、姥捨《うばす》て山《やま》。後者で言えば、人魚姫、マッチ売りの少女あたりが有名どころだ。また、今回私が絵の主題にしたヘンゼルとグレーテルも、実は飢饉《ききん》で口減らしのために捨てられた哀れな兄妹の話だというのは、知っている人も多いと思われる。

どうして子供向けの美しい物語に、悪意や残酷性の黒い一滴を垂らすのか？　ウサギがくすくす笑い、タヌキが人の言葉を話してツルが恩返しにくる夢想の世界で、血や死や性の生々しい匂《にお》いはあまりに強烈だ。人間性や世界の描写が極限までデフォルメされた物語だからこそ、そこに見え隠れする現実世界の鏡としての理不尽さは、ひどく陰惨に写る。何故こんなひどい物語を子供に読み聞かせるのか、そう思う人も多いだろう。

さて、本題に入る。

まず、私の好きな『ヘンゼルとグレーテル』について、少し語らせてくれ。

『ヘンゼルとグレーテル』は、十九世紀の初頭に出版された『グリム童話』に収められている短編の一つだ。物語の成り立ちについては諸説あるが、十四世紀のヨーロッパで大飢饉《だいききん》が起こった際、大勢の子供たちが口減らしのため森に捨てられたという歴史的な事実から発祥した伝承だというのが一般的な解釈だ。

中世ヨーロッパ。

私は『ヘンゼルとグレーテル』を読む時はいつも、暗黒と呼ばれたその時代に生きた人たちのことを思う。戦乱は絶え間なく、ペストの猛威が大陸を蹂躙《じゅうりん》し、気候の寒冷化による飢饉は実に数年に及んだ。科学の芽吹きはあるものの、夜の闇《やみ》を照らすにはいまだ遠く及ばず、死神や悪魔や魔女は確かな実体を持って暗い森の奥で薄ら笑いを浮かべていたに違いない。農民は野盗や獣《けもの》に怯《おび》え、疫病どころか夜の寒さにすらあらがう術《すべ》を持たず、生きること自体がとても困難だった。

『ヘンゼルとグレーテル』が生まれたのは、そんな時代だ。

ちなみに私は、飢えというものを経験したことがない。今まで一番腹を空かせたのは、幼いころ家族で日光までドライブに行った時、高速道路で渋滞につかまって五時間ぐらいを車内で過ごした時だろう。その日ですら、私は朝食にベーコンエッグとレーズンパンを食べていた。だから、今から七百年前の飢饉の時代に、人々がどんな非人道的な行いをしたのだとしても、そこに善悪の評価を下す資格はないと思っている。

ただ、当時多くの子供が捨てられたことは、まぎれもない事実だろう。昨日までの為政者が今日には断頭台にかけられる世だ、農民の命など塵《ちり》より軽く舞ったに違いない。ましてや、子供の、命など――

そう考えると、『ヘンゼルとグレーテル』は、その出自からして悲劇以外の何物でもないと分かる。勧善懲悪《かんぜんちょうあく》のメルヘンな世界の中に、悪意の一滴が垂らされているわけではない。逆だ。そもそもが、幼くして死にゆく運命にある哀れな兄妹を描いた、理不尽な物語だ。

私は、二人がお菓子の家を見つけて駆けていく場面を絵に描きながら、ふと思った。『ヘンゼルとグレーテル』は、食いぶちを減らさないことには自身の命すらつなげなかった中世ヨーロッパの農村で、せめて物語の中ではお腹いっぱいに美味《おい》しいものを食べてほしいと願った大人たちの罪の無い夢想だったのではないだろうか？　と。

もちろん、全ての童話が同じような構造を取っているわけではないだろう。まず教訓ありきで作られた物語もあるはずだ。しかし、マッチ売りの少女や姥捨て山《うばすやま》については、時代のどうしようもない残酷さに救いを求める心が生んだ空想なんだと、私は思量する。

ちなみに、私には一つ、どうしても好きになれない童話がある。最初に読んだ小学生の時、これは無いだろうと絵本を放り投げた記憶まであるから、よっぽどだ。笑

しかしあの欺瞞《ぎまん》に満ちた物語のどうしても納得いかない結末にすら、実は救いはあったのだと、同じ立場になった今となっては、思わずにいられないのだ。

二〇一四年　九月九日　桜《さくら》　綾子《あやこ》

×　　×　　×

その日付は、綾子に退学処分が下される、前日だった。

啓介《けいすけ》が校門を出ると、すでに日は傾いていた。昼間よりも蒸し暑く、学生服を脱いで肩にかける。中学は私服だったので、この時期はいつもジーパンにTシャツで通学していた。学ランというやつにはいまだに慣れない。

延々と続くなだらかな坂道を下っていく。遠くに広がるのは無辺の青い海だ。海新《かいしん》高校は高台にあるので、日が暮れたあとは湾岸地域のちょっとした夜景も楽しめる。まあ、さすがに二年後には見飽きているだろうが。

綾子は退学になった日も、この坂道を下っていったのだろう。ゆっくりと、一人で、最後の下校を惜しむように。そして振り返って見上げた海新高校の古びた校舎に、彼女はどんな感慨を抱いたのか。教室を追われる悲しみか、重すぎる処分に対する怒りか。綾子の立場になって考えてみようと思ったが、すぐにやめた。安全な場所にいる限り、どんなに頭をひねったところで本当の窮地《きゅうち》に陥《おちい》った人の胸中は分からない。彼女の言葉を借りれば、啓介はいまだ飢えたことがないのだから。

踏切では数人の生徒が手持《ても》ち無沙汰《ぶさた》に電車の通過を待っていた。啓介の隣にヘッドホンからやたらと音漏《おとも》れしているはた迷惑な女子生徒がいて、顔を見てやろうと思ったら、ユリだった。

「あっ、工藤《くどう》じゃん」

ユリは屈託の無い笑みを浮かべる。

「……よう」

「愛想悪いなー」

ユリは赤いヘッドホンをずらして、首にかけた。冗談みたいな大きさのヘッドホンだが、流線型のデザインで野暮ったさが無い。

「で、どうなの」

ユリはいきなり意地の悪い笑みを向けてくる。

実際のところ、啓介《けいすけ》はユリが何について「どうなの」と尋ねているのか分かっていた。

しかし即答すると、いかにも普段からそのことばかり考えていると思われそうで、恍《とぼ》けることにした。

「なんのことだ？」

「またまたー」ユリは何もかもお見通しという目をする。

「顔に書いてあるよ。毎日マユちゃんで抜いてますって」

「ぬ……！」

「ばーか、冗談だって」

ユリはけらけらと笑う。

「でもさ、私服で眼鏡はずしたマユちゃんの、天然無防備お色気攻撃、やばいでしょ？」

「……まぁな」

ユリ相手に意地を張っても意味が無い気がしてきたので、啓介は素直に答えた。

「そろそろ暑くなってきたからね。ノースリーブのニットで髪の毛かき上げる時に見えちゃう脇《わき》の下のくぼみとか、もうそれだけで生つばゴクリじゃない？」

「……！」

その時、もし鏡を見たら、きっと凄《すご》い顔をしていただろう。

「あ、当たった」

ユリはしてやったりの顔をする。

「モデルやってた時も、マユちゃん、毎日ナンパされてた。しかもマユちゃん世間知らずのお嬢様だから、どんなお誘いにもついていきそうになっちゃうし」

それは何となく啓介にも想像できた。彼女を守っていた綾子《あやこ》の苦労が想われる。

考えてみれば、同じ学校でモデルをやっていたぐらいだから、ユリも綾子と面識があるに違いない。

「なぁ」

「ん？」

「桜《さくら》さんのこと、教えてもらってもいいか？」

ユリは基本的に、本音と建前の使い分けをしない。良くも悪くも率直なのだ。ならばこちらも、下手に取《と》り繕《つくろ》わず、用件だけをシンプルに伝えた方がいいと思った。

「ああ、アヤちゃん先輩」ユリは何の気負いもなさそうに言った。

「カッコよかったなー。あんなことになっちゃったけど、いま何やってるんだろ」

「宮内《みやうち》は、桜さんとは親しかったのか？」

「んー」

わずかな間が空く。

「まぁまぁ、かな。アヤちゃんは他のモデルとあんまり仲良くなろうとしなかったし。マユちゃんつながりで、何度か一緒にお茶したってぐらいだね」

確かに、綾子《あやこ》とユリの相性が抜群という気はしない。まぁ、性格があまりに違いすぎて、逆に衝突することはなかったのかもしれないが。

「桜《さくら》さんと白鳥《しらとり》さんは、仲が良かったらしいな」

「そりゃあ、もう」ユリはとっておきの秘密を囁《ささや》くように、声をひそめる。

「本当に恋人みたいだった。デキてるって噂《うわさ》もあったぐらい」

「そんなに」

「マユちゃんにへんな虫がつきそうになると、アヤちゃんがいつも追い払ってたっけ。だから工藤《くどう》はラッキーだよ。もしアヤちゃんがいま横浜《よこはま》にいたら、きっと五回ぐらい殺されてるね。抹殺だよ、抹殺」

ユリはそう言って笑う。そして何か思い出したように、「あ、でも」と続けた。

「ただ最後の方はちょっと、ぎくしゃくしてたかな」

最後の方、というのは退学になる直前のことだろう。

「何かあったのか？」

「アヤちゃんがね、ちょっと危なそうな連中と付き合い始めたの。もともとアヤちゃん、怖いもの知らずなところがあったし」

「ほう」

「特に『アンデルセン』っていうクラブのオーナーがね——歌舞伎《かぶき》役者風のイケメンだったけど——しつこくマユちゃんとアヤちゃんに言い寄ってたの。高価なプレゼントもいろいろ渡してたみたい。名前は確か、東堂《とうどう》っていったっけ」

金持ちでイケメンときたら、私だったらなびいてたかなーと、ユリは呟《つぶや》く。

「で、マユちゃんとしては、もう心配で仕方ないわけ。それでアヤちゃんに、結構うるさく言い始めたんだよね。もうクラブに行くのは控えた方がいいとか、何かあってからじゃ遅いとか」

「すると」

啓介《けいすけ》は言葉を選ぼうと思ったが、相手はユリだ。表現はストレートにした方が良い。

「桜さんとしては、おもしろくない」

「そのとーり」ユリは頷《うなず》く。

「それで、険悪とまではいかないけど、変な溝ができちゃったの。私はそういうのあんまり敏感な方じゃないけど、それまでが姉妹みたいに仲良かったから、さすがに気づいたわけ」

「仲直りの機会は無かったのか？」

「マユちゃんの誕生日会で、アヤちゃんは手作りのアクセサリーをあげる予定だったみたい」

まっ、結局本人が風邪引いて、ただのパーティーになっちゃったんだけどねとユリは笑った。

石川町《いしかわちょう》駅に着き、定期で改札を抜ける。ユリは「私、横浜《よこはま》行くから」と言った。上りと下りでホームが別々なので、ここで別れることになる。

いろいろと教えてもらった礼を述べようとしたところで、ユリは独り言のように、こう呟《つぶや》いた。

「私はさ、アヤちゃんのこと、けっこう凄《すご》いと思ってるの」

「モデルとして?」

ユリはかぶりを振る。

「ニンゲンとして」

彼女のキャラクターにそぐわない言葉だと思った。しかし冗談を言っているようにも見えない。深刻な事態すら茶化そうとするいつもの軽さが、その言葉には無かった。

「だってさ、軽い気持ちで誘った子が、あっという間に自分に並んで、トップモデルになっちゃうわけよ」

ユリは、赤い唇をゆがめて自嘲《じちょう》めいた笑みを見せた。

「私だったら、嫉妬《しっと》で死んでるかな」

ユリはそれだけ言うと、大きなヘッドホンを耳に当てて、上り方面のホームへと続く階段をさっさと上って行ってしまった。

その夜、啓介《けいすけ》は大地《だいち》と良太郎《りょうたろう》に連絡を取った。真冬《まふゆ》から受けた依頼の内容を簡単に説明して、もし時間が空いていたら知恵を貸してくれと頼んだ。綾子《あやこ》の書いた記事を一人で睨《にら》みつけていても、埒《らち》があきそうに無かったからだ。当時の状況が摑《つか》めない以上、さまざまな仮説を出して一つ一つ検証していくほかない。それには人手が多い方が効率的だった。

二人とも快諾《かいだく》してくれたので、土曜日の午前中に三人で部室に集まり、手に入れた資料を検討することにした。

その当日。

まず大地と良太郎に、十分ほどかけて『波のこえ　縮刷版』の該当ページに目を通してもらった。

読み終えたあと、最初に感想を言ったのは良太郎だった。

「ケツの四行、気味わるいなぁ。これ必要ないやろ？」

啓介は頷《うなず》く。

「この記事は、基本的に『ヘンゼルとグレーテル』のことを書いている。『マッチ売りの少女』や『姥捨て山《うばすてやま》』への言及もあるが、コンセプトが似ている作品として挙げているだけだ。一方で、『どうしても好きになれない童話』のくだりは、はっきり言って脈絡がない」

しかも、それで文章を締めてしまっている。流れとして不自然に思えた。

「この部分……後から付け足した気がするね」

大地《だいち》が注目したのも、やはり最後の段落だった。

「ああ。しかも原稿の日付は、退学処分が下る前日だ」

啓介《けいすけ》は該当の部分を、繰り返し目で追った。

『ちなみに、私には一つ、どうしても好きになれない童話がある。最初に読んだ小学生の時、これは無いだろうと絵本を放り投げた記憶まであるから、よっぽどだ。笑
しかしあの欺瞞《ぎまん》に満ちた物語のどうしても納得いかない結末にすら、実は救いはあったのだと、同じ立場になった今となっては、思わずにいられないのだ』

「なぁケイスケ、ダイチ。この人がクソミソに言っとる童話、なんやと思う?」

「俺もちょうどそのことを考えてた」

啓介はボールペンとメモ帳を取り出し、情報を書き込んで整理した。

最後の段落で言及されている物語について
【①どうしても好きになれない】
【②最初に読み終えた時、絵本を放り投げた】

【③欺瞞に満ちている】

【④結末に救いがない】

【⑤同じ立場となった今（原稿執筆時）は、結末に救いがあったと感じている】


「そもそも、だ。なぜ題名を挙げていない？」

マイナス方向ではあるが、綾子《あやこ》はこの物語に浅からぬ思い入れを抱いている。題名を出さないのは不自然だ。あえて伏せているようにしか見えない。

「気を遣ったんじゃないかな？　自分は嫌いでも、読む人にはどうか分からないから」

大地の説に、啓介は首を横に振った。

「退学がほぼ確定した状況で、わざわざ書いた原稿だ。ちょっと大げさに言えば、遺言だ。そこで気を遣うか？」

大地は腕を組んで、「確かに……」と呟《つぶや》く。

ここで良太郎《りょうたろう》が、急に身を乗り出してきた。何か思いついたようだ。

「題名言うてしもうたら、これが暗号にならなくなるんちゃうか？」

これ、と指さしたのは、見出しの『Good Bye, Bloody Demon』の文字だ。

「どういうことだ？」

「暗号が簡単になりすぎるっちゅう話や。この童話の題名言うたら一発で暗号が解けてまう、

「そんなんやったら暗号の意味ないやろ？」

おもしろい説だと思った。「なるほど」と啓介《けいすけ》は頷《うなず》く。

不意に、もう一つの可能性が頭に浮かんだ。

「あるいは、ここで仄《ほの》めかしている童話自体が、暗号の解答かもしれない」

「ん？」

「おそらく桜《さくら》さんは、自分が退学になった理由を白鳥《しらとり》さんに伝えようとした。その理由が、ここで暗示している童話の内容と酷似《こくじ》していたのかもしれない」

「理屈は分からんでもないが」良太郎《りようたろう》は納得がいかないようだった。「えらい回りくどいなぁ」

啓介は苦笑した。それには同意する。見立て殺人でもあるまいし。

「だいたい、何で暗号なんだろう？　解ける人がいなかったら、新聞に出す意味も無いのに」

大地《だいち》は急所を指摘する。

そう、そこなのだ。

暗号を使った理由。

それがどうにも、分からない。

啓介は、暗号は状況から逆算して解くものだと考えている。しかし今回の状況は、そもそも暗号を使うような状況ではないのだ。

もともと啓介は、綾子《あやこ》は保険のために暗号を使ったのだと思っていた。机の中に入れた手紙が、もし真冬《まふゆ》以外の誰かに見られたとしても、その意味を読みとれないように。

　しかし、綾子は『Good Bye, Bloody Demon』という英文を当初、全校生徒が読む学校新聞に掲載しようとしていたことが今回分かった。すると先ほどの仮説は、完全に崩れ去る。

「……難しいな」

「へぇ、啓介でも分からないのか」責めているのではなく、驚いたような口調だった。「いつもの啓介なら、そろそろ解決編に入ってる頃なのに」

「……状況の前提が固まらないからな。推理のとっかかりが無い」

　このまま同じ場所で立ち止まっていても埒《らち》があかない。暗号を使った理由については、いったん保留しておく。

「少し見方を変えて、直感で童話そのものを推測してみるか。二人とも、何か思い当たるか？勘でいい」

「せやなぁ……」

　良太郎は缶コーヒーを飲みながら、眉《まゆ》を八の字にして唸《うな》った。

「たとえば『花咲かじいさん』なんかは、ポチ殺されてまうし、ひどい話やと思うけどな」

　確かに『花咲かじいさん』では、物語の中盤で犬が殺されてしまう。理由も非常に理不尽だ。そのため、【①どうしても好きになれない】という可能性は十分にある。しかし、【②最初に読み終えた時、絵本を放り投げた】と【④結末に救いがない】はどうだろう？　②と④から、その童話について綾子《あやこ》が納得できないのは、その結末部分にあると思われる。

一方で『花咲かじいさん』の作中で最も理不尽なのは、一般的な感覚で言えば、おそらく中盤の犬が死ぬ場面だ。結末については、正確に覚えているわけではないが、犬を殺した「悪いじいさん」は相応の報いを受けたはずだ。それが絵本を放り投げるほどひどい終わり方だとは思わない。

そのことを指摘すると、良太郎《りようたろう》は「ケイスケの言う通りやなぁ……」と悔しそうに呟《つぶや》いた。

「俺は、【③欺瞞《ぎまん》に満ちている】が大きなヒントだと思う。欺瞞ってことは、物語の全体の流れとしては、一見したところ『良いはなし』ってことだろう。そして②と④から、結末部分に理不尽があると分かる」

話しながら思いついたのは、『アリとキリギリス』だった。勤労の尊さを教訓として込めた童話だが、蓄えを築いてこなかったキリギリスは冬の寒さに耐えられず最後は息絶える。キリギリスを見殺しにしたアリに、綾子が欺瞞という印象を抱いたとしても不思議ではない。

しかしこの説には、大地《だいち》が納得いかなそうに首をひねった。

「僕の知ってる『アリとキリギリス』だと、アリは最後、キリギリスを助けてたと思うけどな?」

言われてみればそうだったかも、と思う一方で、やはりキリギリスは死んでいた気がする。

啓介《けいすけ》がスマホで調べてみると、キリギリスが野垂れ死ぬ結末とアリがキリギリスを助ける結末、二つのパターンが存在することが分かった。正確に言えば、原典は前者で、日本でより一般的なのが後者らしい。児童向けの絵本では、キリギリスが死ぬのは残酷だという理由で、基本的には後者が採用されているという。綾子が小学生の時に読んだという絵本では、アリはキリギリスを救っていた可能性が高い。すると、【②最初に読み終えた時、絵本を放り投げた】や【④結末に救いがない】は当てはまらない。

「せやけど、キリギリスが死ぬパターンの絵本も、無いとは言い切れへんやろ」

「確かに――しかしその場合でも、【⑤同じ立場となった今は、結末に救いがあったと感じている】がいまいちピンとこない」

一体どんな心境の変化があれば、怠け者が死ぬという身も蓋《ふた》もない結末に「救い」を感じられるようになるというのか。するとやはり、綾子の仄《ほの》めかしている童話が『アリとキリギリス』とは考えにくい。

「そもそも、同じ立場、っていうのが何を指すのかが不明瞭《ふめいりょう》だな。童話の登場人物と同じ立場、と捉《とら》えるのが自然だが……」

「そう言うたかて、この時の桜《さくら》先輩の立場っちゅうたら、まさに『退学直前』やろ。登場人物が退学になる童話なんぞあるんか？」

十秒ほど、三人で黙考する。

「……思いつかないな」

「……ボクもや」

「……悪い、僕もダメだ」

ここで、議論が行き詰まった。

ジャーナリズム精神溢《あふ》れる水村《みずむら》のおかげで、桜綾子《さくらあやこ》に関する手持ちの情報は飛躍的に増えた。しかし、まだ推理の焦点が定まらない。だから仮説が情報量に押しつぶされる。

良太郎《りようたろう》は持参した煎餅《せんべい》をかじりながら、『波のこえ　縮刷版』を手にとって眺め始めた。啓《けい》介《すけ》は行きがけにコンビニで買ったチーズパンの袋を開ける。大地《だいち》はさすがアスリートと言うべきか、プロテイン配合のゼリー飲料を鞄《かばん》の中から取り出した。

「なんや、やっぱり水村さんは、変わったお人やな」

良太郎は、どうやら水村の、あの手書きの記事（のようなもの）を読んでいるらしい。

「確かに変わっているが、凄《すご》い人だ」それは認めざるを得ない。

「せやな。度胸あるわ」

啓介はチーズパンをかじりながら、スマホで東西の童話を調べ始めた。『人魚姫』『赤ずきん』『浦島太郎』『カチカチ山』……条件に一部当てはまるタイトルはいくつか思い当たったが、やはりピンとくるものはない。

そして、五分が経《た》った頃。良太郎の煎餅をぼりぼり嚙《か》み砕く音が、ふいに止まった。

スマホから顔を上げると、良太郎が何やら真剣な顔をして『波のこえ　縮刷版』をにらんでいた。

「どうしたいんだい、良太郎？」大地が訊ねる。「おもしろい記事でもあった？」

「……なんで水村さんは、九月第二週号を発刊できへんかったんやろ？　『状況が変わった』っちゅうのは、具体的に何のことを言っとるんやろか？」

「そりゃあ……」教師の妨害があったのではないか――啓介はそう言いかけて、はっとした。

水村自身が、『学校当局による勧告など一切無視して第二週号を発刊するつもりだった』と言っているのではないか。それに、啓介は水村と中高ともに同じ部活に所属していたが、確かにあの男が、教師からの妨害程度で新聞の発刊を諦《あきら》めるとは思えなかった。

「それに、最後の行や。『快諾《かいだく》に感謝する』言うとるが、これ誰からの『快諾』やろ？　水村さんはいちいち教師から許可とるような素直な性格しとらん。実際、前半部分でこう書いとる――『学校当局による勧告など一切無視して第二週号を発刊するつもりだった』」

「……確かに」

さすがヒッピーの生き残りだ、反権力の思考回路はよく知っているらしい。

妨害や脅《おど》しでは、水村は止まらない。後半の「沈黙もまた、一つのジャーナリズムだ」という記述を素直にとらえると、自主的に発刊をとりやめたとも考えられる。しかし、そんなことをする理由が――

「いや、ある」

「ん？」

「差し止めの要請が出たんだ」

良太郎《りようたろう》は呆《あき》れたようにため息をついた。

「オマエ、人の話よう聞いとったか？　水村《みずむら》さんは、権力にビビるタマやない」

「違う、教師からじゃない」

水村零時《れいじ》は強きを挫《くじ》き弱きを助ける性格だ。目上の者からの指示や命令では、まず動かないだろう。あまのじゃくと言ってもいい。やるなと言われたら意地でもやって、やれと言われたら梃子《てこ》でも動かない人間だ。

ならば、その逆だ。

「水村さんが素直に言うことを聞くとしたら――弱い立場にいる人だ」

この場合は、すなわち。

「桜《さくら》さんだ。執筆者である桜さん本人が、新聞の発刊を差し止めた」

良太郎は一瞬、驚いたような表情を浮かべたが、すぐに納得したように頷《うなず》いた。大地《だいち》も「可能性としては、それが一番高そうだね」と言って同意する。

「いったん、暗号の意味については無視しよう」

「ええんか？」

「最終的に取り込めればいいさ。まずはシンプルに考えてみる」

啓介《けいすけ》は、集めた情報を一つ一つ整理して、繋《つな》げていくことにした。まだ推論に精緻《せいち》さを求める段階ではない。とにかく仮説を立ててみる。

「桜さんが原稿を差し止めたと仮定しよう。あの記事が単に『ヘンゼルとグレーテル』の感想を述べているだけのものだったら、そんなことをする必要はない。やはりあの記事、とりわけ最後の四行には、自身の退学に関する何らかの主張が込められていたと見るべきだ」

良太郎は何か反論を述べようとしたようだが、開けた唇をすぐに閉じる。仮説が一つも無いことには身動きがとれないと、良太郎も感じているのだろう。

「じゃあ、その『自分の退学に関する主張』とは何か？　退学になるぐらいだから、桜さんは相当の悪事を働いたはずだ。普通なら、主張するどころかじっと息を殺して存在を消すだろう……しかし、桜さんは筆を取った」

シチュエーションとしては、かなり奇妙だ。

「大地。厳罰を受けた人間があえて声を上げるとしたら、それは何を伝えるためだと思う？」

「被害者への謝罪か——不満かな」

啓介は頷《うなず》いた。

「俺もそう思う。ただ、謝罪の線は薄い。明確な被害者が出るような事件が起こっていたら、さすがに周囲が気づく。それに、謝意をわざわざ新聞に載せて全校に伝える必要はない」

また、暗号は無視すると宣言した手前言及しなかったが、暗号で謝罪するというのは考えにくい。

「すると、不満やな」

「ああ」

啓介《けいすけ》は推論を繋《つな》げていく。

「じゃあ、どんな不満か？　まず考えられるのは、処罰が不当であること、すなわち量刑への不満だ。まぁこの場合は、不満というよりも憤《いきどお》りだな。学校当局は自分を退学にしようとしているが、桜《さくら》さん本人としては、そこまでの重罪を犯した覚えは無い。そのギャップについて桜さんは怒りを覚えたのではないか——という仮説だ」

「それ、いい線行ってるんちゃう？」良太郎《りようたろう》は身を乗り出してきた「そんなら、校内新聞に載せたことも説明つくで。怒りや不満っちゅうのは、大勢に聞いてもらいたいもんや」

実は啓介も、これはなかなか有力な仮説だと感じていた。

「ただ一つ、状況に合わない」

「なんや？」

「桜さんの退学にまつわる情報が、生徒の間でまったく出回ってなかった。教師が情報統制を利かせていたのは分かる。しかし、どうして桜さん自身は何も言わなかった？　不満や怒りがあるなら、それを周囲に積極的に発信していくはずだ。彼女のように気の強い性格なら、なおさら」

桜綾子《あやこ》は中学時代にいじめられていた真冬《まふゆ》をモデルに誘い、見当違いの嫉妬《しつと》を向けてくる同級生には同じだけの敵意で対抗して、真冬に言い寄ってくる怪しげな男たちを片っ端から撃退した。自分の意見は曲げないタイプだと言える。少なくとも、周囲に気兼ねして沈黙を守る性格ではないだろう。

「退学という処罰への不満はあった。しかし、誰にも言えない。校内新聞に、暗号めいた一節の英文を載せるのが精いっぱいだった。しかも、それを発刊直前に差し止めた――」

どういう状況だ？

ここは非常に重要な分岐だと、啓介は直感する。ここで間違えたら、真実には到底たどり着けない。良太郎も同じように感じているらしく、真剣な表情で黙考している。

こんな時に真冬がいれば……啓介はふとそう思った。

べつに彼女に励ましてほしいわけではない。

ただ推論に行き詰まった時、彼女の「もやもや」は突破口になる。

そんなことを考えながら、何かヒントになるものは無いかと部室を見渡していると、ふいに壁にかけられたカレンダーが目に入った。一週間ほど前に真冬が持ってきたカレンダーだ。

「どうしたんだい、啓介？　カレンダーなんて睨《にら》んで」

なぜカレンダーが気になるのか、啓介自身もよく分からなかった。しかしどういうわけか、日付と曜日の並びから目を離せなくなっていた。

日付……

曜日……

事の発端は、真冬《まふゆ》の誕生日の翌日——九月三日だ。

そのことを思い出した瞬間、頭の中で論理のドミノが綺麗《きれい》に倒れる音が聞こえた。

退学とカレンダー。この二つをつなぐものに、啓介《けいすけ》は思い至ったのだ。

「大地《だいち》。二〇一四年の九月三日は、何曜日だ？」

大地は、啓介の意図をすぐに察した。スマホで検索して、訊《き》いてから十秒も経《た》たないうちに

「ビンゴだね」と言った。

「二〇一四年の九月三日は、第一水曜日だ」

つまり、持ち物検査が行われた当日に桜《さくら》は教頭に呼び出されたことになる。これは偶然ではないだろう。持ち物検査によって見つかった「何か」が原因で、桜は退学になったと考えるのが自然だ。

「おそらく桜さんは、法に触れるものを所持していた」

酒や煙草《たばこ》ではないはずだ。そんなもので退学にはならない。ナイフ、スタンガン……やはり退学にはならないだろう。護身用という言い抜けもある。

所持しているだけで、糾弾《きゅうだん》されるもの。

一発で退学になるほどの、何か。

ふと、大地が以前、「アンデルセン」について話していたことを思い出す。

――大っぴらに売春してる人がいたり、違法薬物の取引をやっている人もいるらしい――

「麻薬、あるいは、それに類するドラッグだ」

良太郎《りようたろう》は小さく頷《うなず》いて、一見突飛にも思える啓介の推理を認めた。

「ありえん話やないな」

「アンデルセン」には麻薬の常習者がいたと仮定する。すると、頻繁《ひんぱん》に出入りしていた綾子《あやこ》であれば、ドラッグについて見聞きする機会はあったかもしれない。

「最近、街でよくマリファナの噂《うわさ》を聞くんや。もしかしたら、『アンデルセン』が出どころかもしれん」

「なるほど」

いったん、ここで総括してみる。

「加えて、だ。ここにさっきの仮説を落とし込むと、こうなる――桜さんはドラッグを所持していた。そのことが持ち物検査によって発覚し、退学という処分を下されたが、彼女は内心では不満を抱いていた。しかし、その不満を誰にも言うことができず、桜さんは退学を受け入れた……」

「啓介、もしかして」

呼びかける大地の声は、いつもより暗く低い。どうやら大地も、同じ結論に行き当たったらしい。

「桜《さくら》さん、誰かにハメられたんじゃないかな？　しかも、脅《おど》されていた」

啓介《けいすけ》は頷《うなず》く。

「俺も同じことを考えてた。桜さんは、マリファナの運び屋をさせられていたのかもしれない。しかも、何者かによって恫喝《どうかつ》されていて、そのことを告発できなかった」

「だからこその、あの最後の四行だね」大地《だいち》は続ける。「脅されているから、大っぴらに本当のことは書けない。誰かが気づいてくれることを願って、『ヘンゼルとグレーテル』の記事に告発の文章を紛れ込ませた」

「しかし、やはり恐ろしくなった。もしも記事の意図が首謀者にばれたら、タダでは済まないと思ったんだろう。だから、その記事が掲載されるはずだった『波のこえ』九月第二週号の発刊を差し止めた」

「おっ、ええ感じやん」

良太郎《りょうたろう》が声を弾ませて言う。

「これ、確定ちゃう？」

「いや……まだ早い」

暗号の謎《なぞ》は、いまだ手つかずだ。それに、自分の推理は人の心理を軽んじる傾向にあると、啓介は自覚している。早とちりには注意しなくてはならない。

冷静に仮説を検証してみると、さっそく無視できない傷瑕《きず》が見つかった。

「良太郎」

「ん？」

「お前、もし誰かに嵌《は》められて、しかも脅されてそのことを告発できない状況だったら、おとなしく退学になるか？」

「アホか。最悪でも道づれや。一人じゃ死なへんで」

だろうな。

「日本は法治国家だ。警察も守ってくるだろう。『言ったら殺す』と脅されたとして、『はい黙ってます』というのは、少し不自然だ」

しかもことは退学だ。良太郎でなくとも、泣き寝入りするとは考えにくい。

「それに、どうして桜さんは持ち物検査の当日にドラッグを持ってきた？　海新《かいしん》高校の持ち物検査といえば、ちょっとした名物だ。ドラッグを隠し持っているようなやつが、まさか持ち物検査の日を忘れるほど警戒心が薄いということは無いだろう」

暗号の問題も残る。告発は断念したが、せめて無二の親友に、真実を伝えようとした。そんな切羽詰まった状況で、解かれるかどうかも分からない暗号を使うだろうか？

「うーん、良い仮説だと思ったんだけどね」

大地は残念そうに言う。

「俺も、方向性としては間違ってないと思う」

ただ、何かを見落としている。それも、事実の周辺部分ではない。まだ核心を摑《つか》めていないのだ。

啓介《けいすけ》が考え込んでいると、良太郎《りようたろう》は力尽きたように机に突っ伏した。そして、「ボクはもう、降参や」と、ばんざいする。

「確かに……行き詰まった感があるな」

啓介もいったん『波のこえ』の縮刷版を机の上に置き、パイプ椅子《いす》に深くもたれかかる。大地《だいち》はとっくに空になったゼリー飲料のチューブをくわえながら、天井を仰いでいた。

「もう、すぐそこまで出かかってる感じはするんだけどね」

「ああ……」

「啓介」

「ん？」

「絵里《えり》さんに相談するっていう手もあるよ」

啓介は眉《まゆ》をひそめる。

「なんでそこで、姉貴が出てくる」

確かに絵里は鋭い。論理というよりは直感で物事の深奥を見抜くタイプだ。もしかしたら、手掛かりの限られている今回の一件には案外向いているかもしれない。

しかし、絵里はあれで過保護なところがある。綾子《あやこ》のことは相当警戒している様子だったし、下手に話を持ち込んだらやぶ蛇になると啓介は思った。

「やっぱ男だけだと、限界があるよ。女の子の気持ちは、汲《く》み取れない」

――気持ちを汲み取る。

大地に言われて、はっとした。

それは、今まで考えもしなかったことだ。

状況の把握でも、暗号の解読でもない。今から一年半前、唐突に退学処分を下された桜綾《さくら》子という女子生徒が、一体何を思って、親友に一節の英文を残したのか。その心理を、葛藤《かっとう》を、果たして追うことができるのだろうか？

他人の胸の内は、しょせん分からない。そう割り切るのは啓介の勝手だ。

しかし綾子は、ヘンゼルとグレーテルを夜の森に捨てたその父親の心にすら、思いを寄せていた。

真冬《まふゆ》もまた、すでに学校を去った親友の本意を知るために手を尽くしている。

今回、啓介は部外者だ。しかし、苦境に陥《おちい》った他人の心の内を見透かそうとする目には、傷ついた魂に触れようとする手には、声にならない叫びに耳を澄ましその真意を探ろうとする意志には、対岸の火事をより近くで見ようとする好奇心以外の、もっと切実な意味があるのではないかと、啓介は初めて思った。

家で考えをまとめたあと、啓介《けいすけ》は真冬《まふゆ》の家に電話をかけた。

別に、急いで連絡する必要は無かった。すでに夜の十一時を過ぎていたし、あさっての放課後には部室で顔を合わせるのだから。しかし先週末、ビアホールで深々と頭を下げた時の彼女の青白い顔を思い浮かべると、少しでも早く報告した方が良いという気がした。

2コールで、『はい白鳥《しらとり》です』と応答があった。しかし年配の女性の声だ。

「ええっと……」てっきり真冬が出ると思っていたので、慌《あわ》ててしまう。「夜分遅くに申し訳ありません。工藤《くどう》と申しますが、真冬さんはご在宅でしょうか？」

一瞬、不自然な間が空いた。

『……どちらの工藤様でしょうか？』

明らかに怪訝《けげん》そうな声だった。

しかし、受話器の向こう側で、誰かが横から口出しするような気配があった。

そして、声が急に愛想よくなる。

『大変失礼しました。少々お待ちください、いまお嬢様におつなぎします』

お、お嬢様……。

対応していたのは、どうやら家政婦だったらしい。

『代わりました、真冬です』

啓介の知っている、白鳥真冬の声だった。

「工藤です」

『すみません、家人がとても過保護で……男性からの電話は、取り次いでもらえないのです』

例の事件以降、真冬の両親は彼女の素行《そこう》に相当目を光らせているのだろうと想像した。

そういえば前回話を聞いた時、携帯電話を父親に取り上げられたと言っていた。

真冬は挨拶《あいさつ》もそこそこに、『何か分かりましたか？』と尋ねてきた。やはり、相当気にかけているらしい。夜遅くでも連絡をとって正解だったと思った。

「一つ、仮説を思いつきました」

『さすがですね……私は一年半かけても、分からなかったのですが』

そう呟《つぶや》く声は、自らの非力を責めているようだった。

「運よく、資料が手に入りました」

『どんなものですか？』

「あさって詳しく説明しようと思っています。概略だけなら、電話でも話せますが」

『そうですね……』

真冬は、そのまま数秒沈黙した。特に考え込むような場面でもないと思うが。

そして彼女は、本当に、心の底から済まなさそうな声で言った。

『大変、大変、申し訳ないのですが……』

受話器の向こうで恐縮している彼女の姿が見えるようだった。これから一体どんな無茶な頼みごとをされるのかと少し不安になる。

しかし聞いてみれば、なんということは無かった。

『これから、お会いできませんか？』

「俺は構いませんが……」

相手はお嬢様である。しかも、男性からの電話の取り次ぎすら警戒されているような箱入り娘だ。こんな夜遅くに出かけることを家族が許すのだろうかと、啓介《けいすけ》は心配した。

「こんな時間に外出して大丈夫ですか？」

『抜け出します』

「……」

迷いの無い返事だった。彼女の不良行為を自分が手伝ってしまうようで、一瞬躊躇《ためら》いを覚えたが、逆に言えば真冬《まふゆ》はそれだけ真実を知りたがっているということだ。その専一な意志を、無下にはできないと思った。

『工藤《くどう》さんの家は、確か磯子《いそご》ですよね？』

どうやら真冬は、啓介の住んでいるあたりまで来るつもりらしい。

「いえ、俺が横浜《よこはま》まで行きます」

磯子は何の変哲も無いベッドタウンで、治安が特に悪いわけではないが、さすがに夜の十一時過ぎだ。女性の先輩を遠出させるのは気が引ける。

『しかし』

「どのみち、これから横浜までジムに忘れ物取りに行くつもりでしたから」

見え透いた嘘《うそ》ではあるが、真冬はそれを揶揄《やゆ》したりはせず、『それでは、お言葉に甘えます』と意図を汲《く》んでくれた。

「じゃあ、待ち合わせの場所は……」

そこまで言って、はたと困った。

これが大地《だいち》や良太郎《りょうたろう》相手であれば、ＪＲの中央改札前やビブレ周辺などを指定しているところだ。しかし夜の十一時過ぎに、真冬を繁華街の路上や駅のコンコースに立たせておくわけにはいかないと思った。できれば店内がのぞましいが、この時間まで空いている喫茶店に心当たりはない。かといって、高校生二人で居酒屋に入るわけにもいかなかった。

こうなると、やむなしである。

「最初に行った、あのラーメン屋でいいですか？」

×　　　×　　　×

「ペンギン屋」に着くと、真冬はすでにボックス席に座っていた。店に入って何も注文しないわけにはいかなかったのだろう、餃子《ギョウザ》一人前がテーブルの上に並んでいる。しかし、親友の退学の真相について知ろうとしている今、さすがに食欲は無いようで、まったく箸《はし》はつけていなかった。

「夜分遅くに、ありがとうございます」

真冬《まふゆ》は啓介《けいすけ》の姿を認めると、恐縮したように頭を下げた。

啓介は席につくと、『波のこえ　縮刷版』を鞄《かばん》から出してテーブルの上に置いた。「持ち出し禁止」のシールが表紙に貼られているので、少しばつの悪い感じがした。まぁ、早いうちに返却すれば問題ないだろう。

「ジャナ研が二年前に出していた冊子です。この中に、桜《さくら》さんの寄稿した記事があります」

図書室の書庫から持ってきたので後で戻しておきますと、一応付け加えておく。

「ちなみに、今から話すのは仮説です。まだ検証中の段階なので、それだけ心に留めてください」

真冬は、真実を知る覚悟を決めたように、深く頷《うなず》いた。

「分かりました」

「まず、状況の整理から始めましょう」

午前中に良太郎《りようたろう》、大地《だいち》と共に検討した内容について、啓介は要約した。綾子《あやこ》はなぜ暗号を使ったのか、綾子がほのめかしている「どうしても好きになれない童話」とは何か、『波のこえ』九月第二週号の発行を差し止めたのは綾子自身ではないか。持ち物検査の日、そしてドラッグを所持していたという可能性。

「――という経緯で、最終的に一つの仮説が立ちました。すなわち、桜さんは何者かに陥《おとしい》れられ、しかも恫喝《どうかつ》を受けて沈黙を強制させられていたのではないか、という説です」

真冬は、啓介が話している最中にいくつかの簡単な質問や確認はしたが、基本的にずっと黙って推論を聴いていた。ただ、〝ドラッグ〟というフレーズが出てきた時には、さすがに眉《まゆ》をひそめた。

「ここまでが、今日、良太郎たちと検討した内容です。ここから先は俺だけの考えになります」

真冬は頷く。そして、ここからが重要だということが伝わったのか、彼女は身を強張《こわば》らせたように見えた。

「桜さんは、何らかの理由で真実を告発できなかった。ここまでは先ほどの仮説と全く同じです。しかしその理由について、俺は、桜さんは誰かを庇《かば》っていたからだと考えました」

真冬は首をひねった。説明を省いたのだから、納得できないのは当然だろう。

啓介は順序立てて説明していった。

「桜さんは記事の中で、現実世界のアナロジーとしての童話を強調しています。実際の中世ヨーロッパでは、捨てられた子供は飢えて死ぬという当然で残酷な結末が待っています。しかし『ヘンゼルとグレーテル』では、二人はお菓子の家を見つけ、悪い魔女を倒し、家族の待つ家に帰ります。桜さんはここに救いを見出《みい》だしました」

冷酷な現実の救いを童話に託す――現代から見れば、ロマンチックな考え方だ。

しかし当時の人々にしてみれば、それはロマンチックどころか、切実な祈りだったに違いない。

「『どうしても好きになれない童話』についても、同じように考えてみます。『どうしても好きになれない童話』と対応する現実の出来事は何でしょう？　退学の直前に書いた原稿ですから、これは『退学』と考えるのが妥当です」

「しかし、『退学』に関連する童話というのは、あまり無いように思います」

真冬《まふゆ》の言う通りだ。ここは啓介《けいすけ》も、けっこう苦労したところだ。そもそも学校を舞台にしたおとぎ話というのは、ほとんど無い。

「白鳥《しらとり》さん、『退学』という事象をより一般的に言い換えると、何ですか？」

真冬は少しの間を置いてから、答えた。

「コミュニティからの追放、でしょうか」

啓介は頷《うなず》く。良い答えだった。

「そのキーワードから連想できる童話はありますか？」

「『かぐや姫』か……『醜《みにく》いあひるの子』。その二つが思い浮かびました」

なるほど。単純に考えたら、確かにそっちが先に出てくる。一般化しすぎたようだった。

「コミュニティからの追放。さらに言えば、多数派の意思による罪人の放逐です」

真冬は、はっとしたような表情を見せた。

十分な情報さえあれば、彼女の推論は正確で素早い。

「『泣いた赤鬼』、ですね」

「その通りです」

啓介は頷いた。

「『泣いた赤鬼』は理不尽な物語です。青鬼の献身によって赤鬼は村に迎え入れられますが、青鬼は最後に村を追放されてしまいます。桜《さくら》さんの感性は、これを二人の友情が成した単なる美談とは捉《とら》えなかったのでしょう。それがこの記事の末尾の、『欺瞞《ぎまん》に満ちた』という表現の真意だと思います」

啓介は自身の手帳を見返した。『泣いた赤鬼』であれば、【①どうしても好きになれない】、【②最初に読み終えた時、絵本を放り投げた】、【③欺瞞に満ちている】、【④結末に救いがない】の四つには違和感なく当てはまる。

啓介も正直、あの童話の結末は好きではない。青鬼があまりに報われないからだ。

「桜さんは、自身の退学を『泣いた赤鬼』になぞらえました。逆に言うと、桜さんが退学になった経緯には、『泣いた赤鬼』の筋立てに近いものがあったということです」

「綾子《あやこ》は、自身の退学と引き換えに誰かを助けた……ということでしょうか？」

「俺は、そう考えています」

真冬《まふゆ》は、痛みに耐えるような表情を見せた。

「誰かを庇《かば》ったのであれば、桜《さくら》さんが自身の退学について周囲にまったく事情を説明しなかったことも理解できます」

これで、「桜綾子《あやこ》は誰かを庇って退学になった」という仮説が、当時の状況と大きく矛盾《むじゅん》していないことは説明できた。

残りは、暗号だ。

「桜さんは、自身の退学を『泣いた赤鬼』に重ね合わせました。そこから、『Good Bye, Bloody Demon』という一節に込められた意図を考えてみます」

ここまで来れば、暗号は解けたも同然だ。

訳語として、Demonには『鬼』を当てる。Bloody は、血のような色の、という意味で、単純に「赤い」とする。

真冬は震える声で言った。

「さようなら、赤鬼」

この仮説に、【⑤同じ立場となった今は、結末に救いがあったと感じている】を当てはめてみる。

赤鬼に別れを告げるとしたら、青鬼しかいない。つまり桜綾子は、自身が青鬼と同じ立場にいるのだと言った。

すなわち――

綾子は、ドラッグの所持は自身の本意ではなく、庇うべき人物がいたから罰を受け入れたのだと、暗に伝えようとしたのではないか。

「最後まで分からなかったのが、暗号そのものの意図ではなく、暗号を残した意図です。桜さんは最初、この文章を全校生徒に向けて発信しようとしていました。しかし友人を庇うつもりなら、こんな記事は新聞に載せるべきではありません。もし誰かがこの暗号を解き、桜さんが『青鬼』であること、すなわち誰かを庇って罰を受けたことを看破したら、今度は『赤鬼』が裁きを受けることになるかもしれない。それは、退学になってまで『赤鬼』を庇った桜さんの望むところではないはずです」

真冬は青ざめている。白い喉《のど》が震えていた。

結論は、もう出ているのだ。

「赤鬼」が誰なのか、綾子が自身の退学と引き換えに守ろうとしたのは誰なのか――

「一方で、『赤鬼』を告発したいなら、暗号などではなくはっきりと教師たちにそう主張すればいい。自分は無実で、罰せられるべき人間は他にいるのだと。堂々と身の潔白を訴えれば良かった……しかし桜さんは、そうしませんでした。最後まで沈黙を保って、学校を去っていきました」

どちらにせよ、暗号なんていう中途半端な手段で真実を仄《ほの》めかそうとした綾子の意図は、説明できない。

「桜《さくら》さんは、自身の潔白を広く訴えたいと心の底から願いながら、やはり真相は誰にも知られるべきでないと、そんな二つの矛盾《むじゅん》した思いを同時に抱いていたのではないでしょうか？　無実の罪で学校を追われるのは耐えがたいが、友人を告発することもできない。その葛藤《かっとう》が、『ヘンゼルとグレーテル』の記事に最後の四行を書いて、やはり発刊直前に差し止めたという、一連の行動の理由だと思います」

桜綾子は、誇り高い性格をしていた。

赤鬼を守るためには、誰にも真実を知られてはいけない。しかし彼女のプライドは、沈黙を保ったまま退学処分を受け入れることを許さなかった。これまで侮《あなど》っていた同級生たちに、後ろ指をさされ嗤《わら》われることに、耐えられなかったのだ。

だから真実を童話に託し、暗号という、誰にも分からない形で主張した。

声にならない声で、誰一人いない闇《やみ》の淵《ふち》に向かって、叫んだのだ。

私は無実だ、と……。

「自己犠牲と自己弁護――その矛盾するキメラの悲鳴こそが、あの暗号の正体です」

真実なんて、分かってみればこんなものだ。

決して綺麗《きれい》な、ものじゃない。

「工藤《くどう》さん」

真冬《まふゆ》が、怯《おび》えるように言った。

「綾子《あやこ》は自身の退学を、『泣いた赤鬼』になぞらえました。村から去っていった青鬼は、退学になった綾子。青鬼を追い出した村人たちは、おそらく先生たちを指しているのですよね？」

「はい」

「ならば、赤鬼は……」

赤鬼の正体は、すでに明らかだ。

物語の中で、赤鬼と青鬼は無二の親友だった。

綾子が、自分が退学になってまで守ろうとした人物。

「工藤さん。綾子は……」

呼びかける真冬の声には、掠《かす》れるような響きがあった。滲《にじ》んだ琥珀《こはく》色の瞳《ひとみ》が、光の波に揺れる宝石のように美しい。

鬼と言うには、あまりに綺麗な人だと、啓介《けいすけ》は一瞬見惚《みほ》れた。

そして啓介はふいに我に返り、深い悲しみに浸る表情すら真冬は美しいと思ったことを、ひどく恥じた。

「綾子は、私のせいで、学校を追われたのですね？」

啓介は頷《うなず》いた。

……ここから先は、痛みしかない。

啓介《けいすけ》が話すことに躊躇《ちゅうちょ》していると、真冬《まふゆ》は「続きを、お願いします」と促《うなが》した。

真冬はすでに覚悟しているのだ。ならば啓介も、それに応えなくてはいけない。

「……この仮説は、まだ不十分です。まず、なぜドラッグが自身の所持物であると認めることが、白鳥《しらとり》さんを庇《かば》うことにつながるのか？　真っ先に思い浮かぶのは、実はドラッグは白鳥さんの持ち物だった、という解釈です」

さすがに真冬は顔色を変えた。

「工藤《くどう》さん！　私は、誓って――」

「ええ、分かってます。白鳥さんが本当にドラッグを常習していたのなら、こんな、わざわざ自分の過去を曝《さら》け出すような依頼を持ち込むはずありませんから」

正直言えば、そんな理屈を持ち出さずとも、真冬の人格はすでに信じていた。

「桜《さくら》さんは、白鳥さんを庇うつもりで退学処分を受け入れた。つまり、持っていたドラッグが白鳥さんに関係するものだと直感したのでしょう。しかし、それが事実だったとは限らない」

真冬は首をかしげた。

「それは……どういうことでしょう？」

「教頭に呼び出される前日、桜さんは白鳥さんの誕生日パーティーに行ったんですよね？」

急に話題が変わって、真冬はきょとんとした顔になる。

「はい、そうです。ただ、結局私が寝込んでしまったので、ただの宴会になったそうですが

「……」

「誕生日パーティーと言ったら、何を思い浮かべますか？」

真冬は考えるように視線をさまよわせてから、「ケーキ、でしょうか」と答えた。そっちに行ったか。

「もう一つの方です」

「プレゼントですね」

啓介は頷《うなず》く。

「どこかの馬鹿《ばか》が、主賓へのプレゼントとして勝手にドラッグを用意していたんだと思います。しかし当日白鳥さんが欠席したので、袋にくるむと、明日学校で渡してくれと桜さんに言付けて渡した。サプライズのつもりだったんでしょう」

「しかし」真冬は反論する。「もしそうであれば、その誰かが、綾子《あやこ》を媒介にして私宛《あて》に勝手にドラッグを送りつけたということになります。この場合、私にも綾子にも罪はありません。たとえ綾子が事実を述べたとしても、そこに至る経緯をちゃんと説明すれば、処分を受けることはなかったと思います。あえて濡《ぬ》れ衣《ぎぬ》を受け入れる理由には、ならないのではないでしょうか？」

それは、もっともな疑問だった。

「ここは桜さんの立場になって考えてみましょう。桜さんは、常に白鳥さんを守ろうとしていました」

真冬《まふゆ》の「無私の騎士」を自任していた綾子《あやこ》である、真冬を守ろうという決意は相当固かったはずだ。万が一にも真冬に累が及ぶようなことになってはいけないと考えたに違いない。もし自分が教師に本当のことを――すなわち、おそらくは「アンデルセン」のオーナーが勝手にマリファナを真冬に贈ろうとしたのだと弁解したとしても、どこまで信じてもらえるかは不明だと思ったのだろう。下手をすれば、真冬も巻き込むことになる。あるいは、真冬は自ら求めてマリファナを購入しようとしたのだと、最悪の誤解を招く可能性すらあった。

何より綾子には、真冬の忠告を無視して「アンデルセン」に通い続けていたという負い目があった。その報いは自分自身で引き受けなければならないと、彼女は覚悟したのだろう。

「桜《さくら》さんはこう思ったのかもしれません。もし真実を言えば、白鳥《しらとり》真冬のモデルとしてのキャリアが破滅を迎える可能性がある。絶対に親友を守りたい。だから――」

「罪を被《かぶ》った」

真冬は、ゆっくり目を瞑《つむ》った。

……綾子は今、福岡にいるという。

親友を庇《かば》った青鬼は、村を追われ孤独に身をゆだねた長い旅路の終わりに、果たして一片の後悔も抱かなかったのだろうか？

いま、真冬はうつむきながら、小さな肩を震わせている。眉根《まゆね》を苦しそうに寄せ、長いまつげを濡《ぬ》らしていた。啓介《けいすけ》は何と声をかけていいのか分からず、ただ茫然《ぼうぜん》と真冬を見ているしかなかった。

赤鬼は、声を殺して、泣いていた。

犠牲になった友のために流すその涙こそが、綾子が『泣いた赤鬼』の結末に見出《みい》だした「救い」だったのかもしれない。

ならば彼女の献身は、今この瞬間に報われた。

そう、信じたかった。

×　　×　　×

月曜日、真冬は部室に顔を出さなかった。

綾子の退学に関する真相をせっかく明かしたのに、などと恩着せがましく啓介は思わない。

親友の退学に、自身が関わっているかもしれないと分かったのだ。すでに過去のこととは言え、ショックに違いない。それに真冬は、一晩寝たらきれいさっぱり忘れるという性格ではないだろう。悩むこともあるはずだ。

それでも一応、六時ごろまでは部室にいることにした。

そして、日が傾いてきた頃。原稿を書いていると、突然ドアが開いた。顔を上げなくても、その遠慮の無い雰囲気から真冬《まふゆ》ではないことは分かった。

「なんや、一人かい」

「お邪魔するね」

良太郎《りようたろう》と、大地《だいち》だった。

ギターを背負っている良太郎が、部室をきょろきょろと見渡す。

「なんや、白鳥《しらとり》先輩おらんやん。いよいよ力ずくで迫ってふられたんか?」

「帰れ」

良太郎は肩をすくめた。

「白鳥さんからの相談ごと、一段落したらしいね」

「ああ、世話になったな」

大地と良太郎には、メールで解決した旨を伝えている。無論、真冬のプライバシーに関わることだから、詳細は省略した。

「それで啓介《けいすけ》は、これからどうするのさ?」

大地はにやにやしている。おそらく、わざと曖昧《あいまい》な聞き方をしているのだろう。

「今日はジムが無いからな。本読んで、帰って、風呂《ふろ》入って寝る」

大地は苦笑する。

良太郎は、深い深いため息をついた。

「オマエなぁ、今日という今日は、言わせてもらうで。あんな美人と放課後二人きりで、単なる先輩後輩を超えた関係を結んどるっちゅうのは、これまさに奇跡やで？　ミラクルやで？　しかも向こうは、桜《さくら》先輩の退学についての件で、オマエにすっかり恩義を感じとる。いまさら何を迷っとんのや？」

良太郎は冗談半分に、しかしもう半分は本気で呆《あき》れるように言った。

「ほれ、ダイチも言ったれ」

話を振られた大地は真面目な顔になった。

「うーん、こういうのは人それぞれだからね。ただ、傍観してるうちに好機を逃して、後から悔やむっていうのは、つまらないよ」

などとそれらしいことを言う。

ただ、大地も良太郎も半端ではなくモテるのは事実だ。だから二人のアドバイス（らしきもの）は、そう的外れのものではないのだろう。

「ボクはな、オマエと白鳥先輩は、意外にお似合いやと睨《にら》んどんのや」

「……どのあたりだ？」

一応、聞いておく。

「オマエは、もうホンマにうざいぐらい、なんでもかんでも理屈で行くタイプやろ？　逆に白《しら》鳥《とり》先輩は、あの眼鏡美人っぷりとは裏腹に、わりと直感派や。二人合わせれば、ちょうどいい塩梅《あんばい》やろ」

良太郎《りようたろう》にしては、おもしろい目のつけどころだと思った。「お似合い」かどうかは分からない。しかし啓介《けいすけ》と真冬《まふゆ》が、それぞれ真逆の性向を持っているというのは、一面の事実かもしれない。

「僕もさ、二人は上手《うま》くいくと思うよ。少なくとも啓介にとって、白鳥さんと一緒にいることはプラスに働くんじゃないかな？」

「適当言うな」

「いや、本当だよ。啓介はさ、中学のあの一件以来、ずっと自分の力をセーブしているように見えた。でもここ最近の啓介を見ていると、白鳥さんと一緒にいる中で、少しずつリミッターが外れてきてる感じがするんだ」

「……買い被《かぶ》りすぎだ。今回だって、事実関係を明らかにできたのは、水村《みずむら》さんの置き土産《みやげ》のおかげだ。俺の推理なんて三割もない」

本当に、あの水村零時《れいじ》という男は、一体どこまでを想定していたのだろうか。

遠くバングラデシュの地から、水村特有の、人を小馬鹿《こばか》にしたような笑い声が聞こえてくるような気がした。

「まっ、誰の手柄でもええわ。これで一段落したことには変わらん。今晩あたり、四人でパーっと遊びに行くっちゅうのはどうや？」

「いやいや、二人の恋路を邪魔しちゃ悪いよ」

「あのな……」

呆《あき》れかえった時、啓介の携帯電話が鳴った。表示を見ると、真冬の家からだった。

「誰や？」

「白鳥さんからだ」

大地《だいち》と良太郎がやんややんやと囃《はや》したてる。

「うるさいな」

二人を睨《にら》みながら、電話に出た。もう家に帰っているとは、ずいぶん早いなと思った。

「はい工藤《くどう》です」

しかし返ってきたのは、腰の低い感じのする、知らない女性の声だった。

この前の家政婦でも、もちろん真冬本人でもない。

『あの……突然お電話して、申し訳ありません。私、白鳥ナツメと申します。真冬の母です』

啓介は戸惑った。真冬の母親から電話をもらうような心当たりはない。誓って。

『つかぬことをお伺いします。いま、真冬が近くにいますか？』

「いえ……」啓介は、意味も無く周囲を見渡した。「今日は、見ていませんが」

『そうですか』

声に落胆の色が滲《にじ》む。そして、腹を括《くく》る様な、そんな気配を電話の向こう側に感じた。

『実は、ですね。真冬《まふゆ》が昨日の夜から家に帰っていないんです』

――帰っていない。

言いようの無いうら寒さが、背中を這《は》った。

『あの、決して、工藤《くどう》さんを疑っているわけではないんです。真冬からは、いつも頼りになる、とても頭の良いご友人と伺っています』

謙遜《けんそん》しているような余裕はない。

「真冬さんとは、一昨日の土曜日に会ったきりです」

『そうですか……』

「あの、差し出がましいようですが……警察には？」

真冬の母親は一瞬、言葉に詰まった。

『事情がありまして……もう少しだけ、様子を見ようかと』

もうすぐ市会議員の選挙が始まる。そして、真冬の父は市の議員だ。事情とはつまり、そういうことだろう。

『何か心当たりがあれば、この番号までお願いします』

「分かりました」

電話を切って、机の上に置く。良太郎《りょうたろう》と大地《だいち》は会話から大体の状況を察したらしく、すでに真剣な表情になっていた。

「白鳥《しらとり》さんが、いなくなった。昨日から家に帰っていないそうだ」

大地は顔をしかめた。

「あの人は、親を心配させる心苦しさをもう知っているはずだ。無断で外泊するはずがないよ」となると、何らかの理由で連絡ができない状況にあるのか。

「ケイスケ、なんぞ心当たりはないんか?」

何も、と言いかけて、一昨日の別れ際の会話を思い出す。

啓介《けいすけ》は、真冬にドラッグを贈ろうとした何者かの存在を示唆した。いくつかの誤解や不運が重なったとはいえ、今回の事件の実質的な原因は、その「何者か」の軽はずみな行為にある。

まさか、と思う一方で、その懸念が事実であるという気がしてならなかった。

真冬は、他人のための面倒や苦労も厭《いと》わない性格をしている。かつての親友の汚名をそそぐためであれば、あるいは危険すらも厭わないのではないか?

「ドラッグを手に入れることが容易で、白鳥さんとは誕生日にプレゼントを贈るような間柄の人物……俺は一人、そいつに心当たりがある」

良太郎は相棒のギターを担《かつ》ぐ。大地は手にバンデージを巻き始めた。

二人とも、やるつもりだ。

「西口のクラブ『アンデルセン』のオーナーだ」

×　　　×　　　×

良太郎《りょうたろう》が大まかな場所を知っていたので、横浜《よこはま》駅を出てから十分も経《た》たずにクラブ「アンデルセン」の入り口を見つけることができた。雑居ビルの地下へと続く暗い階段の突き当たりに、飾り気の無いガラス戸がある。そこに「本日　臨時休業」と油性ペンで書きなぐった張り紙が掲示されていた。

「誰かいるみたいだね」

大地《だいち》が小声で呟《つぶや》く。ガラス戸の奥からは、微《かす》かな光が漏《も》れて見えた。大勢がいる気配はないが、五〜六人も待ち構えていたら、いくら大地がいるとはいえ分が悪い。武器を持っている可能性もある。そこは相手の戦力によって、臨機応変に対応していくしかない。

警察への通報については、時限式をとった。

真冬《まふゆ》にはドラッグの使用経験が無いと警察に話したところで、過去に怪しげなクラブに出入りしていたことは事実だ。彼女は有力な市会議員の娘であるから、それだけでも十分スキャンダルになり得る。

もっとも、それが原因で真冬の父親が落選しようが失脚しようが、正直啓介《けいすけ》の知ったことではない。しかし真冬自身は、それを望んではいないだろう。彼女をこれ以上、苦境に追い込みたくはなかった。だから、いったん警察への通報は保留した。

しかし、勇んで「アンデルセン」に突入したものの、袋だたきに遭って放り出されたのでは、真冬を助けるという肝心の目的が果たせなくなる。それでは意味が無い。

そこで話の分かりそうな、大地の中学時代の恋人である遠坂陽菜《とおさかはるな》に電話して、もし三十分後までに連絡が無かったら警察に通報してもらうよう頼みこんだ。

『あなたたち……結局中学時代から、ぜんっぜん変わってないじゃない！』

陽菜はぶつくさ言いながらも、通報までのリミットを三十分から二十分に短縮することを条件に、協力を約束してくれた。それがつい今しがたのことだ。

啓介はガラス戸をゆっくり引いた。鍵《かぎ》は掛かっておらず、冷房の効いたひんやりとした空気がドアの隙間《すきま》から漏れて顔にかかる。

「二人とも」

勇ましく踏み込む前に、確認しなければならないことがある。

啓介は、当然のように加勢しようとしている、二人の友人を振り返った。

「状況によっては、痛い目を見るかもしれない」

良太郎は愉快そうに笑った。

「ケイスケが柄にも無い男気を見せとんのや。女の子の前で、一人にええカッコはさせられへん」

「そうだね」

大地《だいち》は制服のシャツを腕まくりしながら言った。

「それに、女の子を攫《さら》うような悪党が相手だ。今日は手加減するつもりはないよ」

二人の答えを聞いて、啓介《けいすけ》はいよいよ腹を括《くく》った。

「分かった」

三人は覚悟を決めて、薄闇《うすやみ》の中に足を踏み入れる。真冬《まふゆ》を助けたら一目散に逃げるという展開も予想されるから、ドアは開けたままにした。

床には絨毯《じゅうたん》が敷かれていて、注意して歩けば足音は立たなかった。壁に貼られた無数のポスターは、イベントの告知を目的としたものだ。日付を見ると、すでに開催の終了したものが大半だ。天井は低く、圧迫感があった。頭上から微《かす》かに聞こえる唸《うな》り声のような機械音は、おそらく空調だろう。冷房をかなり低い温度に設定しているのか、肌寒かった。

通路はすぐに途切れ、奥にホールが見えた。普段、客はあそこで踊るのだろう。想像していたよりも狭く、学校の普通教室が二つ入るほどだった。天井にはいくつもの照明機器が設置されているが、今は青白いライトだけが薄ぼんやりとフロアを照らしている。一風変わったデザインのソファやテーブルが、毎夜の熱狂の夢から忘れ去られたようなうらぶれた佇《たたず》まいで、薄闇の中にうずくまっていた。これまでクラブに行ったことが無いので分からないが、静寂の下りたダンスホールというのは、なかなか珍妙な光景なのかもしれない。

啓介がホールの入り口で耳を澄ませていると、左手の方から男の声が聞こえてきた。ダンスホールの、啓介たちからは死角になっている場所に、誰かいるらしい。会話しているということは、電話をかけているか独り言でない限り、二人以上いるはずだ。

「だからさ……したの？　誰に……った？」

誰かを問い詰めているようだった。ふざけるような口調で、たまに笑い声も混じるが、酷薄さを感じさせる冷たい声だった。

啓介は二人と目を合わせて、頷《うなず》いた。ここで腹を据える。あとは出たとこ勝負になるので、あらかじめいくつかのパターンを想定しておく。もし真冬がいなければ、間違って入ってきた客を装って探りを入れる。真冬がいて、相手の人数が五人以下だった場合は、実力行使で彼女を助け出して、速やかに逃げる。真冬がいて、相手の人数が六人以上だった場合は、時間を稼ぎつつ警察が来るまでの間ここから逃がさないようにする。いずれのケースにしても、大地の戦闘力が頼みの綱だった。

啓介は声のする方へ、大股《おおまた》で歩き出した。

フロアの一角に、黒いバーカウンターがある。その脇《わき》に置かれたソファを囲むようにして、三人の男が立っていた。タンクトップで肩に刺青《いれずみ》のある男、白いジャケットを着た髪の長い男、そして背の高い坊主頭の男。

ソファには、真冬が座っていた。手足を縛られている。状況は明白だった。

「んだぁオマエら⁉」

ジャケットの男が大声を上げて威嚇《いかく》しながら近づいてくる。

愚かだ、と思った。わざわざ三対三の均衡を崩してくれるらしい。

「すみません、僕たちちょっと道に迷って」

大地《だいち》が人の良い笑みを浮かべて会釈した次の瞬間、良太郎《りようたろう》が飛び出した。白ジャケットの男の左側に踏み込むと、ギターをフルスイングして相手の上半身に叩《たた》きつけた。長髪はとっさに腕で顔をかばったようで、倒れはしなかったが、たたらを踏んだところを大地が追撃する。サウスポーの構えからミドルキックを放ち、男の脇腹《わきばら》に蹴《け》り足をめり込ませた。靭帯《じんたい》の怪我《けが》など微塵《みじん》も感じさせない、閃光《せんこう》のような蹴りだった。白ジャケットは呻《うめ》き声を上げて、その場に崩れ落ちる。

「てめぇら……」

タンクトップを着た刺青《いれずみ》の男がいきり立って近づいてくる。良太郎がギターを放り投げ、それを刺青の男が避けて身体《からだ》をひねったところに、啓介《けいすけ》がワンツーで前に出た。飛び込み際の左ジャブは防御されたが、打ち抜いた右ストレートは綺麗《きれい》に顎《あご》をとらえる。しかし、刺青タンクトップはかなりタフなようで、ダメージなど構わず前に出てきた。そこにカウンターの要領で今度はアッパーを入れると、さすがによろめいた。

すかさず大地がタックルに入って、刺青タンクトップを床に転がした。マウントの体勢から二〜三発の拳《こぶし》を打ちおろすと、男は嫌《いや》がってうつ伏せに逃げる。そこを大地が背後からチョークの体勢に入り、長い腕を刺青タンクトップの首に巻きつけると、勝負は決した。これでもう、大地の独壇場だ。刺青タンクトップはチョークの外し方を知らないようで、むやみにじたばたするだけだった。

刺青の男の拘束は大地に任せて、啓介と良太郎は坊主頭の男を囲んだ。雰囲気から言って、こいつがリーダーで間違いない。身長こそ啓介より低いが、かなり鍛《きた》えられた体つきをしている。首の太さから、柔道あたりの有段者かもしれないと警戒した。

「まぁ、とりあえず自己紹介ぐらいはさせてよ」

坊主頭は、事実上の三対一だというのに、焦った様子もなく悠然と腕を組んで笑った。

「オレは東堂善助《とうどうぜんすけ》。一応、この『アンデルセン』を仕切らせてもらってる」

濁《にご》った泥と、零度の氷水が混じり合ったような、冷ややかで悪意のある笑み。先ほど聞こえてきた尋問の声は、この東堂だったようだ。

「それにしても君ら、やるね。特にそこの背が高い子、戦闘マシーンって感じだ」

虚勢ではないらしい。東堂の態度は落ちつき払っていた。

「こんな雑魚、話にならへんわ」

実際に「雑魚」を倒したのは大地だが、良太郎は挑むような口調で続ける。

「ジブン、確か前科持ちやろ？　売春斡旋《あっせん》と恐喝——しょーもない男や。そこに誘拐もくっつけて、今度こそ実刑くらいたいんか？」

東堂《とうどう》の表情が、わずかに動いた。

「へぇ……オレのこと、知ってるんだ」

「お前みたいなカスに興味あらへんけど――泣かされた女の子は、何人も知っとるわ！」

背後で、大地《だいち》の立ちあがる気配がした。振り返ると、刺青《いれずみ》の男が床に転がってのびていた。チョークで絞め落としたらしい。長髪ジャケットは、いまだに脇腹《わきばら》を抱えて悶《もだ》えている。しばらくは歩けないだろう。

「白鳥《しらとり》さんから離れろ」

じりじりと間合いを詰めていく。啓介《けいすけ》、良太郎《りょうたろう》、大地が同時にかかれば、たとえ坊主頭がプロの格闘家であったとしても制圧できるだろう。どだい、女性を縛りあげて監禁し、三人がかりで取り囲んで尋問するような輩《やから》に、正々堂々と勝負を挑もうとは思わなかった。

「そうだね、今日は諦《あきら》めよう」

東堂は芝居がかった仕草で両手を上げた。そして、真冬《まふゆ》の縛られている椅子《いす》から、ゆっくりと離れていく。一見潔いが、「今日は」と前置きしたところに、この男の執念深さを見た気がした。

東堂はホールの出入り口の前で立ち止まると、振り返った。

「そこで気絶してるやつと呻《うめ》いてるやつは、放っておいてくれ。あとで回収に来る。それと、オレたちは真冬を監禁して、君らは山中《やまなか》と藤原《ふじわら》をぶちのめした。これでチャラっていうのはどうだろう？」

つまり、お互い警察には告発しない、ということだろう。

「分かった」

ずいぶん虫の良い取引だが、警察の厄介になりたくないのはこちらも一緒だ。

「物分かりが良くて助かるね。なんだったらキミら三人、オレのグループに入んない？　街でけっこうイバレるし、真冬レベルの女だったら、何人か紹介できるよ？　この『アンデルセン』のドリンク代も、無料でいい」

「おっ、悪くない条件やな。要相談や」良太郎は口笛を吹いた。「白鳥先輩レベルっちゅーと、具体的に写真とか見せてもらえるんやったら」

「……良太郎、そのあたりにしとけ」

啓介が咎《とが》めると、良太郎は渋面で振り返って、「冗談に決まっとるやろ」と言った。

「東堂。そうやって時間を稼いでいるうちに、仲間が来る算段か？　言っておくが、俺たちも知り合いに警察への通報を頼んでいる」

東堂は余裕の態度を崩さないまま、啓介を見た。

「あんたは、一見ふざけているが、冷静だ。なのに、どうして逃げることも他の二人に加勢することもしないで、ただ傍観していたんだ？」

東堂《とうどう》は何も言わない。邪悪そうな笑みを、じっと口元に浮かべているだけだった。

「……おそらくあんたは、大地《だいち》の強さを見て、瞬時に『敵《かな》わない』と判断した。だから長髪ジャケットと刺青《いれずみ》タンクトップを捨《す》て駒《ごま》にして、二人が戦ってる間、携帯で仲間に電話した。俺たちには気づかれないよう、携帯をポケットに入れたまま。さっきから、『山中《やまなか》と藤原《ふじわら》をぶちのめした』やら『キミら三人』やら『このアンデルセン』やら、状況を伝えるような言葉を会話に挟み込んでるのは、そのためだろう？　いま通路を背にして立ってるのは、応援が来たらすぐに逃げられるようにするためだ」

悪党は、愉快そうに大声で笑った。

そして、ポケットから携帯を取り出して、「無しだ」と低い声で言った。

「あらためて、だ。オレのチームに入らないか？　マジで気に入ったよ、アンタら。喧嘩《けんか》が強いやつ、情報を持ってるやつ、頭のキレるやつ。組み合わせとしちゃあ、最高だ。オレの下につけば、良い目が見られるぜ？」

「くそくらえ」

啓介《けいすけ》が言い放つと、坊主頭は不敵な笑みで「残念だなぁ」と呟《つぶや》いた。

「じゃあ、リーダーのあんた。名前教えてくれ」

「工藤《くどう》啓介」

「似てる名前だな」

東堂と名乗った男はそれだけ言い残すと、背を向けて通路の暗がりに消えていった。

エピローグ

陽《ひ》が沈む前の境内を啓介《けいすけ》が箒《ほうき》で掃いていると、足元に野良猫がすり寄ってきた。一年ほど前から六道寺《ろくどうじ》に棲《す》みついている三毛で、父は「タロウ」母は「ニャーコ」絵里《えり》は「ミケ」と、おのおの好き勝手に名づけている。啓介は絵里にならって「ミケ」と呼んでいた。周囲に参拝客がいる時は他人行儀なのに、家人だけになると急に愛想よく鳴いて近寄ってくる可愛《かわい》いやつだ。狩りの才能に恵まれているらしく、よく雀《すずめ》や蛙《かえる》をとっつかまえている。鴨《かも》を襲《おそ》っているのを見た、という参拝客からの報告もあった。

そんな、この六道寺の食物連鎖の最上位に位置する危険生物は、静かな夕暮れの一刻に眠気を覚えたようで、いったん啓介の足元から離れると、草むらにごろんと寝転がった。

まったく、平和な夕暮れである。

「可愛らしい猫ちゃんですね」

背後から声をかけられて、啓介は振り返った。すらりとしたシルエットが、伸びる影を背負って石畳の参道をゆっくり歩いてくる。

「白鳥《しらとり》さん」啓介は驚いた。彼女に実家の場所を話した記憶は無い。

制服を着たままだから、おそらく学校から直接来たのだろう。

「どうしてここに？」

「京本《きょうもと》さんに聞きました」

綺麗《きれい》な場所ですねと目を細め、真冬《まふゆ》はゆっくりと境内を見渡す。鯉《こい》や鴨が悠然と泳ぐひょうたん池、鮮やかな夕焼けに照らされて嬉《うれ》しそうに微笑《ほほえ》むお地蔵様、そよ風に揺れる菊の花。番《つが》いのとんびが雲一つない茜《あかね》色の空を周遊していた。

「まだ、ちゃんとお礼も言えていないので」

「ああ……」言われてみれば、確かにそうか。

「アンデルセン」での大立ち回りから、二日経《た》つ。

助け出した直後、真冬はさすがに精神的に疲弊《ひへい》しきっている様子だったので、怪我《けが》を負っていないことだけ確認すると、すぐに家に送り届けた。その道すがら、真冬は申し訳なさそうに事情を話した。

「ペンギン屋」で啓介が真冬を相手に一年半前の真相を推理した翌日、つまり日曜日の夜、彼女は単身、クラブ「アンデルセン」を訪れた。そして、ドラッグのことで東堂《とうどう》を問い詰めたという。東堂は桜綾子《さくらあやこ》を通じて真冬にドラッグを贈ろうとしていたことをあっさり認めた。そしてことの露見を防ぐため、手下に真冬を拘束させ、自分のグループに入るよう脅《おど》してきたという。

「本当に、ご迷惑をおかけしました」

深く低頭する真冬に、啓介は「もう、あんな無茶はやめてくださいね」とだけ言った。

良太郎《りょうたろう》と大地《だいち》がいなかったら、たぶん、どうにもならなかった。

「……あれからずっと、綾子《あやこ》のことを考えていました」

真冬《まふゆ》は草むらにしゃがみこんで、寝転んでいるミケの額にやさしく触れた。参拝客にはあまり懐かないミケだが、美人は警戒しないようで、ごろごろと喉《のど》を鳴らしている。

「工藤《くどう》さん。これが最後の『もやもや』です。どうか、教えてください」

真冬は、三毛猫とじゃれる優しい目をそのままに、啓介《けいすけ》に向けた。

「なぜ綾子は退学したあと、私との連絡を一切絶っているのでしょうか？」

草の匂《にお》いのする初夏の風が境内を吹き抜け、彼女の豊かな髪を優しく撫《な》でた。

「私はいま、綾子に伝えたいことがたくさんあります。だけど当時の綾子も、私に言いたいことが山のようにあったはずです」

「それは……」

啓介は言葉に詰まる。

これぱかりは、言うつもりはなかった。確証も、確信も無いからだ。

しかし、真冬はすでに、その違和感に気づいてしまっている。

「綾子は、いつも言っていました。『無私の騎士であり続ける』と。何があっても……どんな障害があっても、それこそ世界を敵に回しても、必ず私のそばにいて、守り続けると」

それを子供の約束と、啓介は笑わない。

桜綾子《さくらあやこ》は——何よりまず事実として——身を挺《てい》して真冬を守ったのだから。

「……確かに、仮説は思いつきました。しかし白鳥《しらとり》さん。これは本当に、俺の妄想です。そのつもりで聞いてください」

真冬は、目をそらさなかった。

「桜さんは、まさに『無私の騎士』ではいられなくなったからこそ、白鳥さんから離れていったのかもしれません」

「それは……」真冬は首をかしげる。「どのような意味でしょう？」

「『無私』ではなくなる。それはつまり、見返りを求めてしまうようになってしまった、という意味で考えてください」

「見返り……ですか？」真冬はきょとんとする。「その、お中元とか、お歳暮とか」

……さすがお嬢様というべきか、真冬のこのあたりの鈍さは、筋金入りなのかもしれない。

どこまで自覚しているかは分からないが、真冬は美人だ。長く艶《つや》やかな黒髪に、白く抜けるような肌。すらりと伸びた四肢は、歩いたり座ったりといった、日常の何でもない所作すら魅力的に見せる。琥珀《こはく》色の瞳《ひとみ》は一見優しく楚々《そそ》として、しかし会うたび憂《うれ》いや惑《まど》い、喜びの光をプリズムのように映した。

男性であれば、真冬の美貌《びぼう》に無関心でいられる者は少数だろう。もっと露骨に言ってしまえば、欲望を覚えるはずだ。

そして桜綾子《さくらあやこ》は——文章や話の中から推測する限り——少なからず男性性があった。「フエロウ」のインタビューでは真冬《まふゆ》の「騎士」であることを自任し、またユリの話によれば二人は「恋人みたい」だったという。

仮に桜綾子が、ただの友人という域を越えて真冬に惹《ひ》かれていたのだとしたら……。

「桜さんは、恐ろしかったのかもしれません。自分はすでに白鳥《しらとり》さんのため、退学という非常に大きな代償を支払った。そして、その見返りを白鳥さんに求めたいという欲求を、抑え続ける自信が無かった」

ここで中途半端な言い方をするのは、逆に不誠実だろう。

啓介《けいすけ》は、はっきりと述べた。

「桜さんは、自分が退学になった見返りに、白鳥さんと本当の恋人になりたいと願ったのかもしれません」

桜綾子が常に蔑《さげす》んできた、みにくい欲望のまなざし。

自らもそれから自由でないと知って、彼女は「無私の騎士」であることを放棄した——真冬の前から、姿を消したのではないか。

「……まぁ、妄想です。最初にも言いましたが、根拠はありません」

その時啓介には、真冬が何かを言おうとしたように見えた。

しかし言葉が出てこなかったのかもしれない。あるいはいまさら言葉に意味は無いと悟ったのだろうか。

真冬はただ優しく微笑《ほほえ》んで、啓介を見た。

そして最後に、もう一度深く、低頭した。

「本当に――ありがとうございます」

これでもややもやが晴れましたと、真冬は言った。


「工藤《くどう》さんは中学の頃、新聞部にいたんですよね?」

山門までは送ろうと思って石畳を歩いていると、真冬は興味深そうに尋ねてきた。

「大地《だいち》に聞いたんですか?」

「ええ、それと、京本《きょうもと》さんやユリさんからも」

まったく、揃《そろ》いも揃って口の軽いやつらだと、啓介は内心で毒づく。

「どんな悪事もたちどころに見抜いて記事にするので、沼田《ぬまた》中学の不良の方々は工藤さんが一掃したと聞きました」

「……それは、誇張です」

きっとユリあたりが尾ひれを付けたのだろう。

「でも工藤さんが、悪意や暴力には決して屈しない人だということは、今回分かりました」

それは誇張ですらない。重大な事実誤認だ。

啓介《けいすけ》は足を止めた。真冬《まふゆ》が不思議そうに振り返る。

「工藤《くどう》さん？」

「はっきり言いますけど……俺は白鳥《しらとり》さんが思っているような善人じゃありません」

中学時代、啓介は手あたり次第に謎《なぞ》に関わった。

論理を弄《もてあそ》ぶことに耽《ふけ》って、人の心に土足で踏み入った。

真実を暴《あば》き、秘められた感情や隠された過去を紙面にぶちまけることの恍惚《こうこつ》は、他の何物にも代え難かった。

そして……友人を失ってはじめて、啓介は自分の罪に気づいたのだ。

好奇心という、無邪気な罪に。

「だから……ジャナ研に在籍するのは構いませんが、あまり俺に気を許さないでください。いつ、どんな風に、白鳥さんを傷つけてしまうか分かりません」

真冬はきょとんとした顔で、しばらく啓介を見ていた。

これ以上、真冬を自分に近づけたくない。自分を守るための孤独は、相手を守るための孤独でもある。自分の中に、謎を求めては推理という鉤爪《かぎづめ》で引き裂いて喰《く》らう、好奇心という名の獣《けもの》がいまだ棲《す》むことを、啓介は思わずにはいられなかった。

これだけはっきり言えば、いくら鈍感なお嬢様でも、啓介の意図を察するだろう。いや、意図は分からないかもしれないが、距離を置こうとする意志は感じ取れるはずだ。信頼を寄せてくれる人を突き放すのは胸の痛むことだったが、将来取り返しのつかない事態になるよりはずっと良い。

しかし、真冬は一体何を思ったのか、突然、啓介の目の前まで駆け寄ってきた。驚いて棒立ちになる啓介の顔に、ぐぐっと、その人形めいて整った顔を寄せる。

「し、白鳥さん？」

「私だって」

――美しい夕暮れの一刻を閉じ込めたような、琥珀《こはく》色の静かなまなざし。

真冬は、優しく、穏やかに、しかし見ようによってはどこか悪戯《いたずら》っぽく、微笑《ほほえ》んだ。

「私だって、工藤さんが思っているような、ただのお嬢様では、ないかもしれませんよ？」

その謎めいた琥珀色の瞳《ひとみ》を見て、そもそもの出会いが致命的だったのだと、啓介はいまさらながら気づいた。

いつも事件を引き連れてくる摩訶不思議《まかふしぎ》なお嬢様と、事件を求めずにはいられない高校生記者。

その二人が出会って、何も起こらないはずがないのだ。

このお嬢様と一緒といれば、これからきっと、知らない色を見る。不思議な声を聴く。不気味なものに触る。

そして、その全ては、綺麗《きれい》でも綺麗でなくても、何か意味があったのだと。

いつか振り返った時、信じることが、できるような気がした。

あとがき

皆様、はじめまして。

新米ライトノベル作家の酒井田《さかいだ》と申します。

デビュー作の「あとがき」ということで、まず自己紹介をします。出身地は神奈川で、現在は北関東にある某メーカーの工場で生産管理の仕事をやっています。アラサーで、独身です。

大学生のころから、つらつらと小説を書いていました。しかし、まさかこうして商業出版される文庫本に「あとがき」を書く日がやってくるとは……。正直、今でもまだ実感が湧《わ》きません。これから一冊でも多くの物語を、皆さまにお届けできればと思っています。

それでは、各エピソードについて簡単な補足を。

・ノート消失事件

この短編は、僕が大学時代にアルバイトで実際にやらかしてしまったミスを元ネタにしています。もちろん作中の三田村《みたむら》のように誤魔化すようなことはせず、ちゃんと上司に報告してから訂正しましたが、当時はかなり焦りました。

社会人として中堅というべき年齢に近づいてきた今でも、ミスはなかなか減りません。材料品の納入計画を間違えて、工場のラインを止めかけたこともありました。（あの時は本当に、心臓が止まるかと思いました……）

　周囲からの糾弾《きゅうだん》を恐れて責任逃れに走ってしまう三田村の心情が、へっぽこ会社員である僕には、よく分かります。

・聞こえない声を聞かせて
　ユリは結構お気に入りのキャラクターです。本編の前身となる応募作『翡翠《ひすい》と琥珀《こはく》』の、さらに半年ぐらい前に書いたプロトタイプでは、実はユリがメインヒロインでした。ひねくれた啓介《けいすけ》と、あけっぴろげで屈託のないユリは悪くないコンビに思えましたが、作品全体の雰囲気とマッチしないという致命的な問題点があったため、ヒロインを真冬《まふゆ》に変更しました。

　ちなみに僕は、なぜかギャルっぽい子が好きです。気ままに小説を書いていると、主人公の周囲はいつも奔放《ほんぽう》な女の子ばっかりになります。

・負けた理由
　子供のころから、格闘技が好きでした。僕自身はひ弱そのものですが、やっぱり人間というのは自分に欠けているものに憧《あこが》れるようで、大晦日の格闘技イベントは毎年食い入るようにテレビで見ています。

　この短編で中心となる大地《だいち》というキャラクターですが、実はモデルがいます。学生時代の友人で、とある競技の全国区の選手だったのですが、他のどんなスポーツをやらせてもすぐにコツを飲み込んでマスターしてしまう、本当に漫画の主人公のようなやつでした。

・さようなら、血まみれの悪魔

社会人一年目の冬に、就職活動で知り合った友人が会社を辞めたと、人づてに聞きました。業界の全く違う他社だったので詳細を確認する術《すべ》はありませんでしたが、何か経理上のコンプライアンスに違反するようなことをやらかして、事実上のクビだったようです。心配になって何度かメールを送りましたが、返信は一度もありませんでした。

本編は、その友人のことを考えているうちに思いついた物語です。

次に、近況を。

僕は主に家の外で小説を書いています。仕事を終えたあと、近所のファミレスにノーパソを持ち込んで深夜2時の閉店間際まで粘《ねば》るというのが基本的なスタイルです。

先日、とうとうウェイトレスさんから「いつも遅くまでおられますけど、何を書いているんですか?」と訊ねられました。僕は慌《あわ》てふためきながら、「あ、えっと、その、小説を……もうすぐ締め切りなので……」と消え入りそうな声で答えると、ウェイトレスさんは目を輝かせて、「ぜひタイトルを教えてください！　絶対買います！　友達にも紹介します！」と言いました。僕は恥ずかしさのあまり、「い、今はダメです……しょ、将来有名になったら教えます……」と、わけのわからない断り方をしてしまいました。

そんなわけで、早く有名になって、美人のウェイトレスさんとのフラグを回収したいと思います。


最後に謝辞を。

まず、ガガガ文庫編集部の皆様とゲスト審査員である広江礼威《ひろえれい》先生。まだ何者でもなかった酒井田という作家志望に、このようなチャンスを与えていただき、ありがとうございます。期待に応えられるよう、頑張ります。特に担当のN様には、本当にお世話になりました。改稿するたび暴走してしまう僕を、常に冷静かつ的確なアドバイスで正しい道へと引き戻してくださいました。これからもよろしくお願い致します。

白身魚《しろみざかな》先生。美麗なイラストをありがとうございます。完成した原稿を見た瞬間、真冬《まふゆ》たちがこの世に「生まれた」という感覚を覚えました。

大学時代の部活の友人であるMと、実の兄であるY。二人の応援が無ければ、僕はどこかで書くのをやめていたと思います。

そして、この本が世に出るまでに関わった全ての方々に、僕がいま持ちうる限りの、最大級の感謝を送ります。

ガガガ文庫5月刊

妹さえいればいい。7

著／平坂《ひらさか》 読《よみ》

イラスト／カントク

ついに付き合うことになった羽島伊月と可児那由多。2人の交際をきっかけに、千尋、春斗、京、アシュリーたちの心境にも変化が訪れるのだった——。大人気青春ラブコメ群像劇、待望の第7弾登場!!

ISBN978-4-09-451677-7（ガひ4-7） 定価:本体574円+税

妹さえいればいい。7 〈ドラマCD付き限定特装版〉

著／平坂《ひらさか》 読《よみ》

イラスト／カントク

カントクの描き下ろしカバーの7巻にドラマCDを同梱。平坂 読が書く新たなエピソードを人気声優陣が熱演。豪華限定特装版！

ISBN978-4-09-451676-0（ガひ4-7） 価格:本体1,833円+税

EXMOD2 黒ノ追撃者

著／神野《かみの》オキナ

イラスト／こぞう

暴走するEXMODを捕獲する仕事を請け負う真之斗たち三人。そんな彼らを実体資料として欲するアメリカ政府は、特殊部隊「アイヴァンホー」を日本に送り込む……。少年少女たちの過酷な戦いを描く青春SF第2弾！

ISBN978-4-09-451678-4（ガか12-2） 定価:本体630円+税

ジャナ研の憂鬱な事件簿

著／酒井田寛太郎《さかいだかんたろう》

イラスト／白身魚《しろみざかな》

部員１名だけのジャーナリズム研究会に属する啓介は、学内で評判の美人である先輩・真冬と出会うことによって、次々と事件やトラブルに巻き込まれることになるが……。新人賞受賞の日常系ミステリー！

ISBN978-4-09-451679-1（ガさ11-1） 定価:本体611円+税

漂海《ひょうかい》のレクキール

著／秋目《あきめ》 人《じん》

イラスト／柴乃櫂人《しばのかいと》

陸地のほとんどが水没し、海で生まれて暮らすことが当たり前の世界。そんな海で、国を追われた王女と元海軍人の男の二人が、謎の海図に記された場所を探し航海へ。最果てに想いを馳せる海洋戦記ファンタジー出航！

ISBN978-4-09-451680-7（ガあ14-1） 定価:本体611円+税

やがて恋するヴィヴィ・レイン 3

著／犬村小六《いぬむらころく》

イラスト／岩崎美奈子《いわさきみなこ》

ウルキオラ暴動から三年。神聖リヴァノヴァ帝国において、ルカたちは帝国最強の独立混成連隊として勇名を馳せていた。一方、皇帝の血を引くジェミニも皇太子を排除すべく暗躍し、ルカは皇位継承を巡る闘争へと……。

ISBN978-4-09-451681-4（ガい2-24） 定価:本体574円+税

ガガガブックス

最下位職から最強まで成り上がる ～地道な努力はチートでした～

著／上谷《かみたに》 圭《けい》

イラスト／桑島黎音《くわしまれいん》

包囲殲滅陣——軍事史上最高の陣形を編み出した天才軍師・ルーク。しかし、その始まりはただの“最下位職”に過ぎなかった。最下位職しか与えられなかった少年の鮮烈なる成り上がりの物語がここに。

ISBN978-4-09-461100-7 定価:本体1,200円+税

GAGAGA
ガガガ文庫

ジャナ研の憂鬱な事件簿

酒井田寛太郎

発行　2017年5月23日　初版第1刷発行

発行人　立川義剛

編集人　野村敦司

編集　野村敦司

発行所　株式会社小学館
〒101-8001 東京都千代田区一ツ橋2-3-1
[編集]03-3230-9343　[販売]03-5281-3556

カバー印刷　株式会社美松堂

印刷・製本　図書印刷株式会社

Printed in Japan　ISBN978-4-09-451679-1

第12回小学館ライトノベル大賞
応募要項!!!!!!!!!!!!!!!!!!!!!!!

ゲスト審査員は川村元気氏!!!!!!!

大賞：200万円＆デビュー確約
ガガガ賞：100万円＆デビュー確約
優秀賞：50万円＆デビュー確約
審査員特別賞：50万円＆デビュー確約

第一次審査通過者全員に、評価シート＆寸評をお送りします

内容 ビジュアルが付くことを意識した、エンターテインメント小説であること。ファンタジー、ミステリー、恋愛、ＳＦなどジャンルは不問。商業的に未発表作品であること。
（同人誌や営利目的でない個人のWEB上での作品掲載は可。その場合は同人誌名またはサイト名を明記のこと）

選考 ガガガ文庫編集部＋ゲスト審査員・川村元気（映画プロデューサー・小説家）

資格 プロ・アマ・年齢不問

原稿枚数 ワープロ原稿の規定書式【１枚に42字×34行、縦書きで印刷のこと】で、70～150枚。
※手書き原稿での応募は不可。

応募方法 次の3点を番号順に重ね合わせ、右上をクリップ等で綴じて送ってください。
① 作品タイトル、原稿枚数、郵便番号、住所、氏名（本名、ペンネーム使用の場合はペンネームも併記）、年齢、略歴、電話番号の順に明記した紙
② 800字以内であらすじ
③ 応募作品（必ずページ順に番号をふること）

応募先 〒101-8001 東京都千代田区一ツ橋 2-3-1
小学館　第四コミック局　ライトノベル大賞係

Webでの応募 GAGAGA WIREの小学館ライトノベル大賞ページから専用の作品投稿フォームにアクセス、必要情報を入力の上、ご応募ください。
※データ形式は、テキスト（txt）、ワード（doc、docx）のみとなります。
※Webと郵送で同一作品の応募はしないようにしてください。
※同一回の応募において、改稿版を含め同じ作品は一度しか投稿できません。よく推敲の上、アップロードください。

締め切り 2017年9月末日（当日消印有効）
※Web投稿は日付変更までにアップロード完了。

発表 2018年3月刊『ガ報』、及びガガガ文庫公式WEBサイトGAGAGAWIREにて

注意 ○応募作品は返却致しません。○選考に関するお問い合わせには応じられません。○二重投稿作品はいっさい受け付けません。○受賞作品の出版権及び映像化、コミック化、ゲーム化などの二次使用権はすべて小学館に帰属します。別途、規定の印税をお支払いいたします。○応募された方の個人情報は、本大賞以外の目的に利用することはありません。○事故防止の観点から、追跡サービス等が可能な配送方法を利用されることをおすすめします。○作品を複数応募する場合は、一作品ごとに別々の封筒に入れてご応募ください。